사랑하는 나의 문방구

정은문고는 신라애드의 출판브랜드입니다.

사랑하는 나의 문방구

구시다 마고이치 지음

심정명 옮김

차례

11 연필
15 지우개
19 볼펜
23 연필깎이
26 크레용
30 원고지
34 공책
38 펜촉
42 컴퍼스
46 잉크
50 만년필
54 풀
58 분필
62 주머니칼
66 자
70 초록빛
72 가위
76 수첩
80 가제본
82 압정
86 동그란 고무줄
90 압지
94 책받침
98 문진
102 봉투
106 편지지
110 별보배조개
112 카본지
116 아일릿펀치
120 스탬프대

124 붓
128 셀로판테이프
132 호치키스
136 앨범
139 벼루
143 인주
147 일곱 가지 도구
149 종이칼
152 라벨기
156 스크랩북
160 책상
164 책장
168 서랍
170 등사판
174 필통
177 색연필
180 문구점에 없는 문방구
182 일기장
186 원통
190 편지꽂이
193 클립
197 명함 상자
201 주판
205 돋보기
208 지구본
212 문화를 지키는 힘

216 저자 후기
220 역자 후기

톰보연필의 '골프' 연필과 우치다양행의 '파이크' 지우개 연필.
1887년 최초로 연필 양산을 시작한 마사키연필제조소(현 미쓰비시연필)를 시작으로 일본에는 다양한 연필 회사들이 생겨났다.

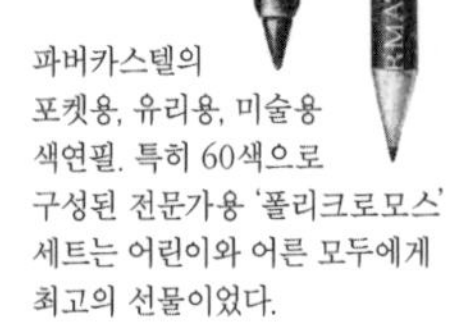

파버카스텔의 포켓용, 유리용, 미술용 색연필. 특히 60색으로 구성된 전문가용 '폴리크로모스' 세트는 어린이와 어른 모두에게 최고의 선물이었다.

마루젠문구의 '오리온' 지우개와 에버하드파버의 솔 달린 타자기용 지우개. 지우개 하면 떠오르는 톰보연필의 '모노' 지우개는 1967년에 출시됐다.

시미즈공작소의 속기용 '팔라멘트' 샤프펜슬. 1915년에 샤프의 창업자인 하야카와 도쿠지가 세계 최초로 금속제 샤프펜슬을 개발해 세계적으로 알려졌기에 '샤프'는 일반명사가 됐다.

'보스턴'과 함께 미국의 양대 브랜드로 꼽히는 '시카고' 연필깎이는 일본 회사들이 닮은꼴 제품을 만들어 팔 정도로 인기가 높았다.

위부터 스푼펜촉, G펜촉,
은행펜촉, 일본자펜촉, 스쿨펜촉.
펜대도 펜촉만큼 크기나 재질이 다양했다.

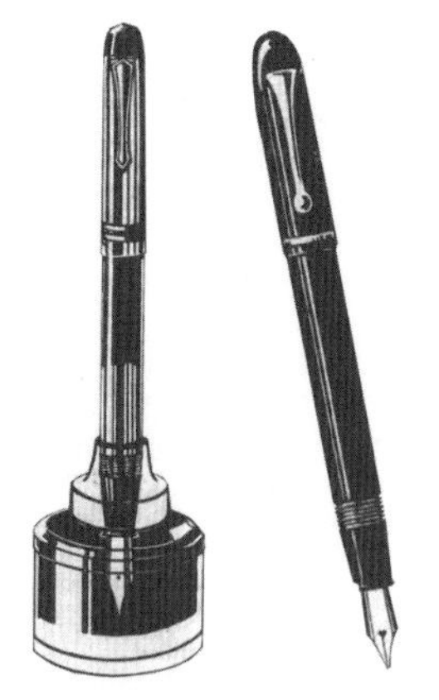

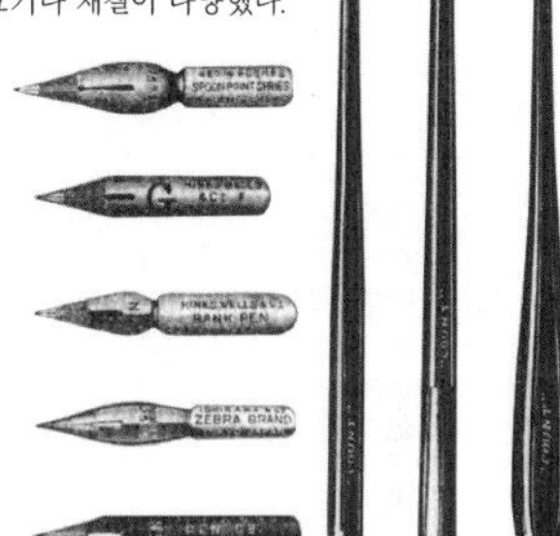

‘파이롯트’ 만년필과 ‘세일러’ 만년필.
나쓰메 소세키가 즐겨 쓴 것으로 유명한
영국의 ‘오노토’ 만년필과 함께 애호가들이
사랑한 일본 제품이었다.

우치다양행의 ‘이즈미’ 스탬프대.
사용할 때마다 잉크를 발라야 하는 제품과
패드에 미리 잉크를 넣어둔 제품이 있었다.

마루젠문구의 ‘아테나’ 잉크와
타자기용 잉크 리본.
잉크는 보통 천, 7백, 3백50시시
세 종류가 있어 대형 스포이트로
휴대용 잉크병에 덜어 사용했다.

윈저앤뉴튼의 '코트만' 팔레트 박스. 금속제 팔레트에 20색 고체 물감이 들어 있었다.

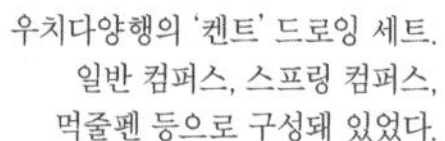

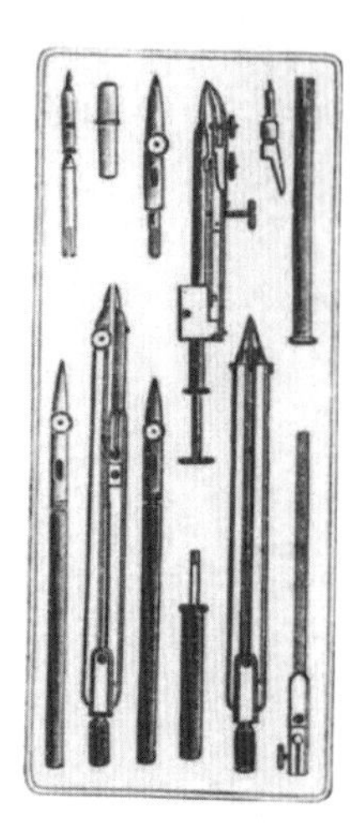

우치다양행의 '켄트' 드로잉 세트. 일반 컴퍼스, 스프링 컴퍼스, 먹줄펜 등으로 구성돼 있었다.

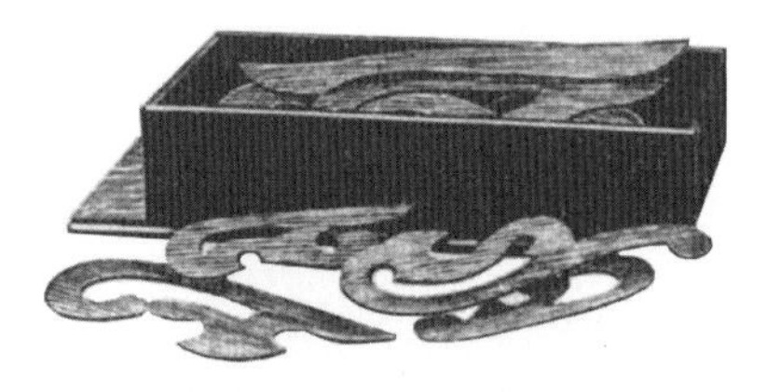

구름자와 자유롭게 구부릴 수 있는 자재곡선자. 먹줄펜과 함께 도면을 그릴 때 사용했다.

마루젠문구의 '오리온' 압정. 그림이나 도면을 그릴 때 도화지를 판자에 고정하는 데 쓰였다.

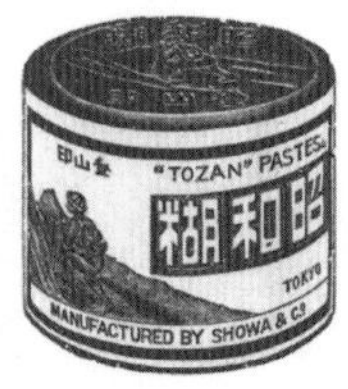

도쿄문구의 '낙타' 아라비아풀과 도잔의 '쇼와' 녹말풀. 녹말풀은 1899년 야마토 주식회사가 처음 상품화했으며, 아라비아풀은 1907년 일본에 처음 수입됐다.

우치다양행의 '파이크' 스테이플러.
일본에서는 1903년 이토키상점에 의해
처음 수입된 제품에 적혀 있던 'Hotchkiss No.1'이란
문구를 따라 '호치키스'라고 불렸다.

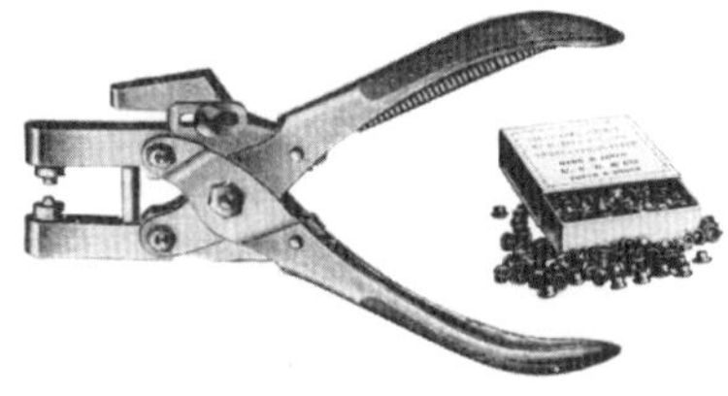

마루젠문구의 아일릿펀치와 아일릿.
보통 아일릿펀치는 집게 모양이지만
힘을 덜 들여 구멍을 뚫을 수 있도록
호치키스 형식을 빌린 제품도 있었다.

왼쪽부터 용수철이 있는 불독클립,
볼베어링 기술을 적용한 볼클립, 트럼펫 모양의 젬클립.

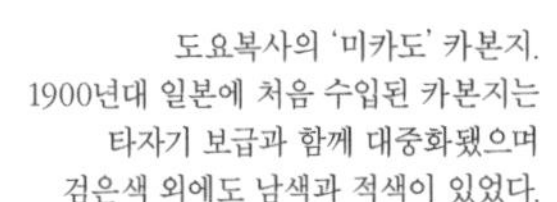

도요복사의 '미카도' 카본지.
1900년대 일본에 처음 수입된 카본지는
타자기 보급과 함께 대중화됐으며
검은색 외에도 남색과 적색이 있었다.

1894년 호리 신지로라는 사람이
에디슨이 발명한 등사기를 모티프 삼아
일본 최초로 등사판을 상품화했다.
이후 학교나 관공서에서 시험지나 알림
장을 인쇄할 때 널리 사용됐다.

일러두기

1. 일본어를 비롯한 모든 외래어는 국립국어원 외래어 표기법을 따랐습니다.
2. 원어 병기는 필요한 경우를 제외하고는 가독성을 위해 가급적 삼갔습니다.
3. 옮긴이 주는 각주로 처리했습니다.

연필

군마 현 마에바시도서관에는 시인 하기와라 사쿠타로에 관한 흥미로운 자료가 많아 그 시인을 연구하는 사람들이 곧잘 찾아가는 모양이다. 나는 연구자로서가 아니라 다른 볼일로 도서관에 들렀을 때 잠시나마 그 자료들을 볼 수 있었다. 그때 연필의 위력을 실감했다.

그도 그럴 것이 노트나 초고 가운데 잉크로 쓴 글자는 거의 갈색으로 변했고 개중에는 이미 판독하기 힘든 글자도 있었다. 하지만 연필로 쓴 글자는 매우 뚜렷이 읽을 수 있을 뿐 아니라 조금 흰 잔줄이 생긴 곳에는 어제 막 쓴

듯한 생생함마저 느껴졌다. 물론 처음 깨달은 사실은 아니다. 이렇게 같은 시기에 잉크와 연필로 적은 글자를 비교해보니 확실히 알게 됐고, 이후 오래 남기고 싶은 글은 붓이나 연필로 써야겠다고 생각했다. 다만 노트나 수첩은 종이 양면에 연필로 써서 늘 갖고 다니다 보면 서로 스쳐 선명함이 떨어지기도 하는데, 이 문제는 단단한 연필심과 부드러운 연필심을 잘 나눠 쓰면 상당히 해결된다.

지우개로 지울 수 있다는 것은 아주 고마운 일이다. 잘못 써서 종이를 버리는 일도 거의 없다. 그러다 보니 해이한 마음이 생겨 긴장하지 못하고 소홀해지는 경향도 있긴 하다. 다른 사람은 어떤지 몰라도 나는 원고를 연필로 쓰면 어쩐지 잘 안 된다. 지울 수 있다고 생각하니까 마음을 다잡지 못한다. 쓴 글을 다시 읽어보면 늘어진 기분이 고스란히 전해진다. 익숙해지면 괜찮을지 모르지만 아무리 해도 그 경지에 도달하지 못한다.

생각해보면 공식 서류에서는 연필 쓰기를 금하고 있다. 몰래 일부분을 지우개로 지운 뒤 손쉽게 고칠 수 있는 탓이겠지만, 어딘가 연필은 허술하고 약식이라는 관념이 있다. 또 원고를 연필로 쓰지 않는 이유는 간단히 해치워버렸다고 여겨질까봐서다. 대부분 미리 원고료를 약속하지 않기에 연필로 쓰면 혹시 원고료가 싸지진 않을까. 농담이지만 조금 그런 느낌이 들기도 한다.

나는 친구 여동생이 연필 회사에 다니는 덕에 자주 연필을 받는다. 아마 죽을 때까지 다 쓰지 못하리라. 일 말고도 연필을 퍽 많이 사용하긴 해도 눈 깜짝할 사이에 한 다스를 다 쓸 정도는 아니다. 게다가 몽당연필은 연필깍지에 끼워 끝까지 정성껏 사용하기에 1년에 쓰는 양도 대단치 않다. 길 땐 가슴 주머니에 끼우고 짧아지면 뚜껑을 덮어 웃옷 주머니 안에 굴러다니게 두는데, 아주 가끔 잃어버리기도 하지만 몇 년에 한 번쯤일까.

연필 깎는 도구가 이렇게까지 거창해질 줄은 몰랐다. 입학 축하 선물로 주기에 편리할뿐더러 입학하는 아이들이 갖고 싶어 할 법한 물건이기는 해도 주머니칼로 연필을 깎는 즐거움을 맛보지 않고 어른이 되는 사람들이 왠지 안됐다. 연필을 쓰는 기쁨에는 연필을 깎는 즐거움도 당연히 포함되기 때문이다. 딱히 자랑은 아니지만 나는 초등학교에 들어가기 전부터 지금까지 연필을 깎다 손을 벤 적이 한 번도 없다.

겨울밤, 연필밥을 화로 속에 떨어뜨리면 어느 틈에 타기 시작한다. 나는 그 냄새가 뭐라 말할 수 없이 좋다. 연필심을 둘러싸는 나무는 대개 침엽수지만 외국산도 꽤 수입되는 모양인지 노송나무, 주목, 오리나무, 참피나무 등이 사전에 올라 있다. 50년 넘게 연필을 깎았지만 안타깝게도 나무의 종류까지 알아보는 능력은 내게 없다. 만일 허락해준다면 연필 공장을 찾아가 그 방법을 배우고 싶다.

나는 글을 쓰는 것이 일이건만 연필이 얼마큼 줄어드는지를 보면 그림 그리기에 더 많이 사용한다는 계산이 나온다. 도화연필은 프랑스가 본가라는데, 4B나 6B 같은 무른 연필이 꼭 쓰기 쉬우란 법은 없다. 취향은 이래저래 바뀌지만 스케치를 할 땐 오히려 HB로 힘주어 그리는 편이 좋다. 나중에 엷게 채색하려고 다시 그릴 땐 종이 질에 맞춰 조금 무른 연필을 쓰거나 콩테를 함께 쓰기도 한다. 여하튼 여러모로 신세를 지고 있는 연필을 위해 연필 무덤이라도 만들어주고 싶다.

지우개

학교에 다니는 아이의 필통 안 지우개를 떠올려보자. 지우개가 지우개답게 쓰이는 경우는 과연 얼마나 될까. 지우개 위에 얼굴을 그려놓은 정도는 그나마 낫다. 구멍을 뚫고 연필심을 몇 번씩 찌른 흔적이 마맛자국처럼 남아 있거나 어지간히 분한 일이라도 있었는지 물어뜯은 듯한 이빨 자국이 나 있기도 하다. 이렇게 지우개를 제 쓰임새대로 사용하지 않는 것은 아이들 세계만은 아니지 싶다.

전에 책을 낼 때 제법 나이가 든 출판사 사람과 레이아웃을 상의한 적이 있다. 그때 그가 가방에서 꺼낸 셀룰로이드 필통 안에는 자, 연필, 가위 따위와 함께 지우개가 들어 있었다. 서로 의논하며 레이아웃 용지에 연필로 선을 긋고 잘못 그으면 지우개로 지우는 일이 끝나고 그가 돌아간 뒤 지우개가 굴러다니기에 다음에 만날 때 돌려주려고 주웠다. 그랬더니 아이들과 똑같이 연필로 찌른 주사 자국이 있었고 전화번호로 보이는 숫자도 적혀 있었다. 뒤쪽에는 편집부에 일하는 사람이 모델인지 아가씨 옆얼굴이 그려져 있었다. 순간 웃음이 터질 것 같았다. 지우개는 잘못 쓴 부분을 지워주는 고마운 물건임에도 장난질과 괴롭힘을 당하는 숙명을 짊어지고 있구나. 적당한 부드러움과 크기, 저렴한 가격 때문에 더 괴롭히기 쉬운 걸까.

지금 내 앞에는 지우개 하나가 동그랗게 작아져 있다. 대개 지우개란 점점 작아지는 법이지만 언제까지 쓸 수 있을지 실험하긴 쉽지 않다. 쓰려고 마음만 먹으면 아직 충분히 쓸 수 있음에도 어째서인지 종종 자취를 감춘다. 둥글어지고 나면 바닥에 떨어졌을 때 불규칙적으로 굴러가 어딘가에 숨었다가 마침내 사라져버린다. 노쇠한 지우개의 진짜 마지막을 지켜보는 일은 참으로 어렵다.

나는 이제껏 지우개를 몇 개나 샀을까. 학교를 다니던 시절과 크게 다를 바 없는 일을 계속하다 보니 늘 책상 위나 서랍 속에 지우개가 있지만 노상 사용하지는 않는다.

거의 쓰지 않는 날이 더 많다. 이제는 세세한 사생은 별로 하지 않기에 여행 가면서 그림공책과 연필은 챙겨도 지우개는 데려가지 않는다. 그나마 어린 시절에 배운 지우개를 파서 고무도장을 만드는 일만은 여전히 즐긴다. 연하장용 주소 도장이나 장서인 그리고 조금 부수가 많은 책에 찍을 검인은 이게 제일이다. 지금은 검인이 폐지돼 쓸쓸할 따름이다.

도장 재료로 쓰는 지우개는 품질이 별로 좋지 않은 편이 칼이 잘 든다. 또 제 타고난 사명을 완수하려면 종이가 지저분해지는, 조금 오래되고 손때가 묻은 지우개가 더 유리하다. 이 점에서 플라스틱 지우개는 새것이라도 파기 쉽다. 물론 도장집에 부탁하면 보기에 번듯한 물건을 만들어 줄 테지만 별로 그러고 싶지 않다. 결국 장난을 치는 것이 즐거운가 보다. 오랫동안 장난치다 보니 도장집 기술과는 좀 다른 방법이 생겼고 지우개를 팔 때 쓰는 주머니칼과 얽힌 추억도 많은데, 쓰기 시작했다가는 길어질 게 뻔하고 아무리 생각해도 지우개한테 미안하니 자제하겠다.

글자든 그림이든 한 번 쓴 것을 지울 때는 잘못됐다는 전제가 있다. 잘못됐다고 딱히 죄악은 아니지만 눈치 챈 이상 그대로 놔두고 싶지는 않다. 부주의나 변명할 수 없는 무지가 남의 눈에 드러나니 빨리 지우지 않으면 안 된다. 정말이지 지우개는 고마운 구원자다. 잉크용 지우개나 꺼칠꺼칠한 모래 지우개 따위도 있는데, 이것들은 지워지기는 해도 그 위에 다시 펜으로 글자를 쓰면 번지기 쉽다. 그래서 지운 뒤에는 반드시 매끈매끈한 물건으로 문질러 줄 필요가 있다.

볼펜

볼펜은 볼포인트 펜을 말한다. 나는 사실 볼펜이 전쟁이 끝난 뒤에 만들어진 물건이라고 생각했건만 알아보니 놀랍게도 1888년, 그러니까 19세기의 산물이었다. 이번에 배운 역사를 복습해보자.

1888년에 볼펜을 처음 고안한 사람은 미국인 존 라우드. 당시만 해도 볼펜은 필기구라기보다는 판지나 두꺼운 종이에 표시를 하는 도구에 가까웠고 질도 좋지 않았다. 그러다 제1차 세계대전 후에 신문 교정을 하던 라슬로 비로라는 헝가리인이 갱지에 술술 쓸 수 있도록 볼펜을 개량하려고 마음먹었다. 라슬로 비로는 무척 재주가 좋았고 의사와 예술가를 겸하고 있었다. 그의 연구에 협력한 사람은 화학자인 형으로 기존과는 달리 중력 유동 작용이 아니라 모세관 작용을 이용해 볼펜을 만들었다. 이때가 1943년이었으니 라우드의 생각 이후 반세기 넘는 세월이 필요했다. 그 뒤 특허 획득을 위한 다툼과 선전전이 이어졌고 마침내 일본에 들어온 것은 전쟁이 끝난 직후였다. 일본에 처음 나온 볼펜은 완전하지 않았다. 쓰다 보면 도중에 흰 잔줄이 생기거나 갑자기 진득한 잉크가 나오는 통에 셔츠나 옷옷을 버리기 일쑤였다. 이렇게 평판이 좋지 않던 볼펜을 개량하는 데 고심한 사람이 작고한 나카다 도자부로* 씨였다.

오랜 세월 볼펜을 둘러싼 저마다의 노력을 새삼스레 떠올려보면 고개가 끄덕여진다. 하지만 대개 남이 만든 물건을 사용하는 사람은 제멋대로 불평을 늘어놓는 법이다. 그 제멋대로 늘어놓는 불평이 개량법을 연구하는 사람들에게는 여러 가지 의미에서 자극이 된다. 그러는 사이 언젠가부터 요즘 볼펜은 쓸 만하다고 하면서 불평도 어느

*나카다 도자부로中田藤三郎 일본의 문구회사인 오토의 창업자로 1949년에 기존 제품의 문제점을 해결한 연필형 볼펜 '오토펜슬'을 제조해 판매했다.

틈에 사라지는 식이다.

나는 볼펜 재료나 제조 공정을 좀 더 알기 위해 오랫동안 써서 낡은 볼펜을 하나 부숴봤다. 단순한 듯 보이면서도 꽤 미묘한 구석이 있어 분해할 수 없는 곳마저 있었다. 앞으로 볼펜이 어떻게 개량될지 아니면 더 이상 개량될 필요가 없는지는 솔직히 잘 모르겠다. 내가 글을 볼펜으로 쓰지 않기에 개량해줬으면 하는 절실한 결점이 눈에 띄지 않아서일지도. 일할 때 볼펜을 사용하지 않는 이유는 볼펜이 특별히 쓰기 나빠서는 아니다. 그저 익숙한 만년필로 일하기로 정했을 뿐이다. 습관인 셈이다. 원고를 연필로 쓰는 습관이 든 사람도 있지만 나는 그렇지 못하다.

곰곰이 생각해보면 볼펜이 지금처럼 좋지 않았을 시절의 인상은 확실히 남아 있다. 노트나 수첩에 쓰면 종이 뒷면으로 잉크가 배어들거나 자잘한 글자를 볼펜으로 썼더니 금세 옆으로 번져 못 읽게 됐던 기억은 잊기 어렵다. 대학에서 일할 때 시험 답안지는 볼펜으로 쓰지 못하게 하라는 지시를 받은 적이 있다. 읽기 힘든 경우가 여러 번씩 생기다 보니 그런 결정을 내린 것 같다.

일본인은 새것에 쉽게 달려든다. 동시에 정식으로는 붓을 써야 한다는 생각이 강하다. 책에 서명을 할 때 붓으로 써달라는 말을 듣고 깨달았는데 붓으로 쓴 글자를 요구하는 것은 일반적인 경향이다. 붓이 아니라면 만년필, 다음이 사인펜, 그다음이 볼펜, 이런 순서다. 볼펜은 일회용과 잉크가 담긴 심을 교체할 수 있는 제품이 있지만 내 성미에 일회용은 맞지 않는다.

연필깎이

샤프너라는 명칭을 모르는 건 아니다. 어디서 봤는데 미국산 시카고라는 연필깎이가 메이지* 말에 수입된 것을 계기로 일본에서도 수동 연필깎이가 만들어졌다. 초등학교 고학년쯤이었나, 누군가에게 연필깎이를 얻었다. 연필을 손에 들고 밀어 넣으면서 손잡이를 돌리는 간단한 구조였지만 외제였다. 초등학생인 나에게는 엄청난 사치품이었으니 누구한테서 얻었는지 잊어버린 게 미안할 따름이다.

*메이지 일본의 연호로 1868년~1912년.

연필깎이 덕에 연필심이 보기 좋게 뾰족해졌다. 색연필 상자 안은 색색의 송곳이 늘어선 듯했고, 필통을 열면 연필 두세 자루가 오싹할 정도로 삐죽했다. 무심결에 자랑한 답시고 집에 이런 도구가 있다고 했더니 부러워한 친구 몇몇이 하굣길에 연필을 맡기는 통에 일일이 깎아 다음 날 아침에 돌려주기도 했다. 그 연필깎이는 책상에 나사못으로 고정해야 했기에 책상에 구멍이 뚫렸다. 그래서 길쭉한 판자를 깔끔하게 깎아 그 위에 연필깎이를 고정한 뒤 손잡이를 돌렸다. 양손을 쓰는 탓에 그리할 수밖에 없었다.

웃음을 살지 몰라도 연필밥이 예뻐 어디에 쓸 수 없을까 하고 판지 상자에 모았는데, 끝내 뭔가 재미있는 물건을 만들 만한 지혜는 떠오르지 않았다. 몇 달 동안 연필깎이를 사용하다 보니 차츰 불편한 점이 보였다. 끝이 지나치게 뾰족해진다 싶을 땐 중간중간 연필을 빼서 뾰족한 정도를 보며 깎으면 됐지만, 색연필을 싹싹 세게 칠하고 싶을 땐 어째 일정한 원뿔 모양이 불안했다. 또 필요한 만큼 끝이 뾰족해졌음에도 주머니칼로 깎았을 때와는 아무래도 느낌이 달랐다. 이때 나한테 연필 깎는 방식에 미묘한 요구가 있음을 확실히 깨달았다. 나만의 요구는 아니었는지 연필깎이는 여러모로 개량돼 심의 뾰족한 정도를 조절하거나 자동으로 연필이 밀려 들어가는 장치가 생겼다.

전동 연필깎이가 나온 지도 꽤 오래됐다. 어린이 입학 선물로 아무 껄끄러움 없이 전동 연필깎이를 선택하는 세상이다. 연필깎이는 시대를 참으로 잘 반영하는 듯하다. 요즘 회사나 관청에서 연필을 얼마나 쓰는지는 모르지만 주머니칼로 연필을 깎고 앉아 있는 시간이 아깝다고 생각할 정도로 속도가 요구되는 시대다. 전에 나는 어느 학교에서 일하면서 입학시험 채점을 거들었다. 한 방에 여럿이 모여 채점을 했는데 빨간 색연필을 사무 보는 사람들이 창칼로 열심히 깎았다. 그러다 어느 해부터 전동 연필깎이로 바뀌면서 사무원의 수고도 상당히 줄어 두 사람 정도만 있으면 충분했다. 다만 창칼로 정성껏 깎던 시절에 비하면 사용하는 연필 양이 꽤 늘었다고 한다. 다 깎으면 공회전하거나 자동으로 전원이 꺼지는 구조임에도 어딘가에서 낭비가 생기는 모양이다.

인간이 기계에 일을 맡기면 낭비가 줄기도 하고 반대로 늘기도 한다. 부득이한 일인지도 모르지만 내 취향으로 말하면 이렇다. 늘 속도를 요구하는 세상에 순응하려고 노력은 해도 개인 작업실에서 더욱이 글을 쓰거나 그림을 그리고 있으면 연필 깎는 시간 정도는 한숨 돌리고 싶다. 주머니칼로 연필을 깎는 동안 제법 좋은 생각이 떠오를 때도 종종 있으니.

크레용

프랑스어로 크레용은 연필을 가리킨다고 배운 적이 있고 사전에도 그렇게 나와 있다. 그러면 우리가 크레용이라고 부르는 물건을 프랑스에서는 뭐라고 할까. 프랑스어 사전을 보니 파스텔이라고 적혀 있다. 나는 앞으로 프랑스 화구점에 가서 물건을 살 일이 없을 듯하니 걱정 없지만 예로부터 일본인 화가는 파리에 많이들 나간다. 그 사람들은 어떻게 사고 있을까. 손가락으로 가리키며 "이거 주세요"라고 하려나. 무심코 쓸데없는 생각을 한다.

크레용의 기원은 고대 그리스까지 거슬러 올라간다. 그

리스인은 밀랍과 안료를 섞은 것을 만들어두고 그림을 그리거나 착색을 할 때마다 열을 가해 녹이면서 사용했다. 내 조사가 조금 부족한 탓에 자세히 쓰지는 못하지만 확실히 크레용이 태어날 밑바탕은 오래전부터 이미 있었다. 19세기의 어느 프랑스 화가가 밀랍과 안료를 섞은 것에서 착안해 크레용을 만들었다. 열을 가하지 않아도 될뿐더러 물과 기름이 필요 없는 그러면서 직접 종이에 그려지는 도구를 생각해낸 것이다. 이를 프랑스의 콩테사가 상품으로 팔기 시작한 때는 1915년 혹은 1916년이다. 당연히 일본에도 들어왔고 그 몇 년 뒤에 크레용을 직접 제조하기 시작했다.

내 기억으로는 초등학교에 들어가기 전에는 색연필만 있었다. 학교에서 크레용을 사라고 한 것이 3학년이나 4학년쯤인데 그 전까지는 연필로 그림본을 베끼거나 투시화법을 공부했다. 5학년 때 담임 선생님은 화가이기도 해서 그림 교육에 관심이 많았다. 자유화나 사생화 위주였다. 친구 하나가 교단에 선 모습을 크레용으로 그리되 색칠은 하지 않고 단색으로 데생한다. 그림본을 베끼기만 해온 터라 처음에는 상당히 괴로웠다. 아무리 해도 우스꽝스럽기 짝이 없는 그림밖에 못 그리니 정말이지 실망했지만, 그건 크레용 탓이 아니었다.

그다음 법랑 컵을 사생했다. 각자 자기 책상 위에 놓고 그렸다. 흰색, 보라색이 도는 가장자리의 파란색, 나머지는 음영으로 흰색의 빛나는 부분이나 그림자 진 부분에서 다양한 색깔이 보였다. 나는 갑자기 대담해져서 실제로야 어떻든 눈에 보이는 색깔을 열심히 칠하고 흰 크레용으로 그림자를 번지게 표현했다. 꾸중을 들어도 상관없다고 생각하며 그대로 제출했는데 선생님은 잠자코 최고 점수를 매겼다. 이때부터 수채화를 시작하기까지 2년쯤 크레용 그림을 몇 장씩 그렸다. 그러다 학교에 새로 그림 교실이 생겨 수채화를 그리면서 사정이 또 달라졌다. 처음에는 얼떨떨했지만 수채화에 익숙해지자 크레용은 전혀 거들떠보지도 않게 됐다. 크레용은 애들 장난감 같은 것이지 전문 화가가 쓰는 물건이 아니라는 생각이 생겨버렸다.

나는 지금 파스텔, 크레파스와 함께 크레용을 조금 갖고 있다. 확실히 쓰는 빈도는 낮지만 써보면 제법 재미있다. 아무래도 초등학생 때보다는 이래저래 궁리해 사용하기에 맞지 않는 그림을 억지로 크레용으로 그리지 않는다. 사쿠라상회*가 크레파스를 만들어 상품명을 등록한 것이 1925년이라는데, 어린 시절에 나는 크레파스가 없었다. 크

*사쿠라상회 세계 최초로 크레파스를 발명한 문구회사로 현 사명은 '사쿠라크레파스'.

레용도 무르다고 생각하기에 지금의 크레파스를 그 무렵에 썼다가는 감당을 못했지 싶다. 크레파스는 일본 특유의 상품이라고 들었다. 크레파스로 그림을 그리고 있으면 이상하게 유화 도구를 꺼내고 싶어진다. 물건을 소중하게 쓰라고 배운 나는 연필을 깎을 때조차 심이 부러지지 않도록 조심했으니 갑자기 크레파스를 썼다면 아까워 그림을 그리지 못했을지도 모른다.

원고지

원고지와는 오래 사귀었다. 이른바 원고를 쓰기 전인 작문을 할 때부터였으니 이제껏 대체 몇 장쯤 되는 원고지 칸을 글자로 메웠는지 계산하기도 어렵다. 평균 3백 장으로 한 권이 되는 책을 백 권 썼다면 3만 장이 된다. 이 어림계산과 실제 사용한 매수 사이에 어느 정도 차이가 있느냐가 까다로운 부분이다. 정정이나 가필이 너무 많으면 꼴사나우니 정서할 테고 또 먼저 메모한 다음에 글을 쓴다면 그 메모를 원고지에 적기도 하니까. 다만 나는 원고지를 편지지 대용으로 쓴 적은 거의 없다. 목적이 다르기 때문이다.

오랫동안 원고를 쓰다 보니 원고지 한 장 한 장이 점점 더 귀중하게 느껴진다. 남들은 어떻게 생각하는지 몰라도 나는 내 나름대로 진지한 마음으로 원고지와 마주하고 좋은 문장을 쓰려고 늘 애쓴다. 대충 적당한 기분으로 써서는 좋은 글이 나올 리 없다고 생각해서다. 카페 테이블을 책상 삼아 혹은 여행지의 숙소 방을 임시 서재 삼아 글을 쓰는 사람도 있다. 그편이 더 진지해질 수 있다면 상관없지만 나는 그렇게 하지 못한다. 부득이하게 그랬던 경험이 있는데 뭔가 뒷맛이 좋지 않았다.

이렇게까지 생각하는 원고지이건만 실은 별로 아는 게 없다. 언제쯤부터 사용하기 시작했는지 역사조차 알아보지 못했다. 내 아버지는 1867년생인데 글 쓰는 일을 하지 않은 탓도 있겠지만 만년에 이르러서야 원고지 쓰는 법을 내게 물었다. 원고지 쓰는 법은 그렇다 치고 4백자가 들어가는 원고지를 한 장으로 세게 된 것도 그리 오래된 일이 아니다. 물론 내가 원고지를 손에 들기 시작했을 무렵부터 4백자라도 종이의 크기나 줄의 색이 다양했고 품질과 가격도 이미 각양각색이었다. 이 각양각색의 원고지를 이래저래 사용하다가 서서히 쓰기 편한 원고지를 찾아 정착했다. 도중에 여러 번 취향이 바뀌었으니 이제껏 쓰던 원고지를 한 장씩 소중히 간직했다면 자신의 취향 변천사를 알 수 있을지도 모른다.

짧은 한때이기는 해도 원고를 붓으로 쓴 적도 있다. 붓 전용 원고지를 발견했기 때문이었다. 질 좋은 일본 종이에 줄은 목판 인쇄였고 색깔은 노란색이었다. 한 장에 얼마였더라, 꽤나 비쌌다. 이렇게 되면 깜빡 잘못 쓰지도 못하니 쓰는 일에 집중할 수 있어 좋았다. 근데 붓으로 쓰든 펜으로 쓰든 원고를 많이 쓰면 그만큼 글씨 연습이 돼 글씨를 잘 쓰게 됐느냐 하면 아무래도 그렇지 않았다. 유의해 쓴 적도 몇 번이나 있고 식자를 하는 사람의 마음을 헤아려 알아보기 힘든 글씨는 되도록 쓰지 않으려고도 했지만, 항상 시간을 넉넉히 들일 수 없다 보니 반대로 글자가 엉망이 되어 후유증이 남았다.

나는 지금 2백자 원고지를 사용한다. 책상 위에 문헌들을 펼쳐놓으면 자연히 쓸 공간이 좁아지니 크기가 큰 4백자 원고지는 펴기 어렵다는 것이 주된 이유다. 어차피 원고를 보낼 편집실도 깔끔하지 않을 테고 책상 위도 어수선할 테다. 그런 점도 헤아려 2백자 원고지를 쓰고 있다. 굳이 내 전용 원고지를 사용하고 싶은 마음은 없었지만 몇 년 전에 원고지를 만들어주겠다는 사람이 있었다. 모처럼 만드는 만큼 뭔가 넣으라고 하기에 칸 위쪽에

'MAG-KUS'라는 글자를 넣었다. 앞으로는 쓰는 양이 계속 줄어들 것 같은데 남아 있는 원고지를 다 쓰는 게 먼저일까 아니면 내가 뻗는 게 먼저일까.

공책

낙서를 시작하면서부터니까, 70여 년 동안 나는 대체 공책을 몇 권이나 썼을까. 학생 시절에도 많이 썼지만 25년 동안 교사 생활을 하며 강의뿐만 아니라 내 공부를 위해 쓴 양까지 생각해보면 아찔할 정도다. 얼추 비례해 그 양만큼 영리해졌어야 마땅한데 실상은 그렇지 않다. 그래도 공책 하면 떠오르는 이야기는 얼마든지 있다.

한창 장난이 심하던 중학생 때다. 쉬는 시간이면 몰래 교실에 들어가 친구들 공책에 멘소래담처럼 기름기 있는 물질을 발라놓았고 그러면 아무리 필기를 하려고 애써도 잉크가 종이에 묻지 않았다. 이런 장난이 큰 재미 가운데 하나였지만 전쟁 중에는 종이 질이 점차 나빠져 반대로 잉크가 퍼지는 바람에 어찌할 줄 몰랐다. 압지 같은 종이인 데다 잉크마저 질이 나쁘고 묽어져 줄을 무시한 채 어지간히 큰 글씨로 적지 않으면 알아볼 수조차 없었다. 또 오래전부터 세로줄 공책에 일기를 쓰던 나는 세로줄 공책을 살 수 없게 되자 가느다란 펜으로 한 칸에 두 줄씩 기록했다. 이 공책이 떨어지면 더는 쓸 곳이 없구나 싶어 섭섭하기 그지없었다. 좀처럼 꺼내보지는 않아도 그 시절의 공책은 여전히 남아 있다.

내가 굳이 노트가 아닌 공책이라고 쓰는 데에 별다른 이유는 없다. 어릴 적부터 노트나 노트북이란 명칭은 일반적이었다. 원래 노트는 메이지 시대 때 독일의 마야상회에서 수입했다. 그렇다고 노티츠부흐 어쩌고까지 갈 것 없이 노트는 노트라 하면 그만이다. 하지만 나는 공책이라는 말을 좋아한다. 스케치북도 그림공책이라고 하는 습관이 들었다. 그저 기분 문제일 뿐인데 이게 의외로 중요하다. 그도 그럴 것이 가로줄이라면 노트라고 해도 상관없지만 세로줄이라면 공책이라 부르는 편이 훨씬 잘 어울린다.

쇼와* 초기, 아직 전쟁을 생각하지 않았을 무렵에는 세로줄 공책을 쉽게 살 수 있었다. 싼 것부터 좋은 것까지,

한 첩을 묶은 얇은 공책부터 다섯 첩 정도로 두꺼운 공책까지 내 기억으론 조금 큰 문구점에는 늘 구비돼 있었다. 그러다 전쟁을 하면서 종이 질도 떨어지고 손에 넣기도 매우 어려워졌다. 일하던 대학에서 증명서를 받아야 겨우 샀을 정도니 공책 종류를 고를 형편이 아니었다.

다시금 가게 앞에 물건이 풍부하게 늘어서는 시대가 오면서 문구점도 활기를 띠기 시작했다. 물자가 부족하던 때의 습관이 몸에 배인 나는 무심결에 공책을 대여섯 권씩 샀다가 며칠 후에 더욱더 좋은 공책이 눈에 띄면 그렇게 분할 수가 없었다. 세로줄에 풀스캡** 종이로 만든 질 좋은 공책을 발견한 순간, 비로소 정말 평화가 돌아왔음을 실감했다. 이 공책 덕분에 나는 새로운 공부를 시작했고 매일 똑같은 일기 쓰기에도 활력이 생겼다. 이후 소매점에 세로줄 공책이 없거나 갖고 싶어 하는 친구가 있으면 제조사까지 찾아가 사든지 배송받든지 했다. 나는 이 사연을 라디오에서 '하얀 페이지'라는 제목으로 방송했는데 때마침 들은 제조사로부터 기쁨의 전보를 받은 적도 있다.

*쇼와 일본의 연호로 1926년~1989년.

**풀스캡 13.5×17인치 크기의 대판 양지로 빛에 비추면 어릿광대 모자 무늬가 나타나 붙은 이름이다. 일본에는 메이지 시대에 영국에서 처음 수입됐으며, 이후 1884년에 이 종이로 만든 노트가 판매돼 대학노트라고 불렸다.

그런데 이 세로줄 공책을 다 썼기에 평소처럼 제조사에 주문했더니 수요가 별로 없어 이제 만들지 않는다는 말을 들었다. 나는 망연자실한 채 도쿄 도내의 크고 작은 문구점을 돌아다니며 대신할 만한 공책을 찾아봤건만 아무 데도 없었다. 세로줄 공책이 아예 없는 건 아니었지만 종류가 너무 적었다. 이 점이 지금도 이상하기 짝이 없다. 일본 글자는 본디 세로쓰기다. 가로로 쓰려면 쓸 수는 있지만 세로일 때와는 방식이 달라 영 불편하다. 나만 그런 것도 아닐 텐데 문구점에 가면 가로줄 공책은 갖가지 자태로 늘어선 반면 세로줄 공책은 참으로 초라한 모양새다.

나는 풀스캡 세로줄 공책이 예순일곱 권이 될 때까지 해온 공부를 그만두고 싶은 마음마저 들었다. 대량이라면 주문을 받아 만들어준다기에 부탁해볼까 하다가 바보 같다는 생각이 들어 망설이는 참이다. 사치스러운 소리를 하려는 게 아니다. 말하자면 공책은 내 장사 도구인 만큼 되도록 기분 좋은 물건을 갖고 싶을 뿐이다. 다만 세로줄 공책에 대한 수요가 적다는 점에서 세상의 변화를 알 것 같다. 물자는 풍부해도 진정으로 원하는 물건은 살 수 없는 시대인 걸까.

펜촉

어머니의 손에 온통 잉크가 묻어 있던 모습이 때때로 떠오른다. 벌써 몇십 년도 더 된 일이다. 별로 질 나쁜 만년필도 아니었건만 그 시절에는 종종 잉크가 흘러넘쳐 비참한 꼴을 당하기 십상이었다. 어렸을 때 나는 만년필을 손에 쥔 어른을 보면 무척 부러웠다. 그런데 내가 언제 처음으로 만년필을 갖게 됐는지는 잘 기억이 나지 않는다. 또 하나 떠오르는 것이 어머니의 집게손가락 옆쪽에 있던 파란 점이다. 실수로 펜촉에 찔리는 바람에 잉크가 들어간 자국이라고 하셨다. 그 점은 어머니가 죽어서 재가 될 때까지 열어지지도 않고 줄곧 남아 있었다. 이런 일이 있을 수 있을까.

초등학교에서는 맨 먼저 석판에 석필을 썼다. 그러다 연필과 습자용 붓으로 바뀌었고 아마 4학년 혹은 5학년이 되고 나서야 비로소 펜과 잉크를 썼지 싶다. 펜대와 펜촉은 필통에 넣으면 됐지만 잉크는 들고 다니기에 꽤 피곤한 물건이었다. 가방에 넣었다가 뚜껑이 느슨해지면 교과서고 공책이고 차마 못 볼 정도로 까맣게 물들어버렸고, 잉크병 목에 달아맨 끈 고리에 손가락을 걸고 있다가 장난치는 와중에 깨지면 그만 어이쿠! 실제로 학교 복도나 돌계단에는 잉크 얼룩이 늘 있었다.

잉크와 만년필은 따로 적기로 하고, 우선 펜촉을 보자. 나는 원고는 만년필로 쓰고 그림은 펜대에 펜촉을 꽂아 그린다. 이때 유독 펜촉이 신경 쓰인다. 글씨를 쓸 때건 그림을 그릴 때건 펜은 내게 중요한 도구인데, 조사해봐도 펜촉 만드는 공정을 술술 설명하기란 불가능하고 역사도 대충밖에 알지 못한다. 내 문방구 교과서는 『문구 사무기기 사전』이다. 중국 문방구나 종이를 다룬 책은 몇 종류나 나와 있지만 우리가 매일 쓰는 서양에서 태어나 차례차례 발달한 물건은 사전도 없거니와 관련 글을 모은 책도 좀처럼 나오지 않는다. 자꾸 개량돼 잇따라 새로운 제품이 나타나기에 쓰기 어려운지도 모르겠다.

펜촉 종류를 일단 살펴보면 내가 어린 시절에 오타후쿠*펜이니 프랑스펜이니 부르던 펜은 더 이상 나오지 않는다. 오타후쿠펜은 스푼펜일 테고, 프랑스펜은 학교 안 매점에서 팔던 프랑스제 펜을 그렇게 불렀다. 초등학교 시절에 프랑스어를 배우며 펜글씨 연습도 했는데 이게 꽤나 성가셨다. 프랑스인 선생님은 엄격해 철자를 하나라도 틀리면 그 단어를 서른 번 쉰 번씩 쓰게 했다. 전쟁 때 불타버리기는 했지만 나는 프랑스제인 펜화용 펜촉을 열 개쯤 갖고 있었다. 특수한 방식으로 제작해 아주 부드러운 데다 자유자재로 가늘게 또 두껍게 그릴 수 있었고, 편평한 등을 잘 이용하면 일정 부분을 빈틈없이 칠해 좋은 효과를 낼 수 있었다. 세피아 잉크로 쓰면 오래된 명화 같은 느낌이 나던 이 펜촉과는 아쉽게도 다시 만나지 못했다.

또 하나는 유리펜이다. 작년에 갑자기 유리펜이 갖고 싶어 찾아다녔다. 끝이 이지러져 있으면 못 쓴다면서 값싼 유리펜을 하나하나 유심히 살피던 가게 주인은 무척 정성스러웠다. 그 후 가끔 가게에 들러 주인과 이야기를 나눴는데 문방구 지식뿐만 아니라 시대와 함께 변해가는 손님

*오타후쿠 코가 납작하고 볼이 불룩한 여자 또는 그런 얼굴의 탈.

들의 마음 같은 이야기를 재미있게 듣곤 했다. 나는 유리펜을 특별히 애용하지는 않지만 그림을 그릴 때 독특한 선을 그을 수 있는 점이 즐겁다. 예전에는 우체국에 유리펜을 놓아뒀기에 펜촉이 이지러지지 않게 먹물통에 솜이 들어 있었다. 지금은 제도나 디자인을 위한 용구가 다양하니 그쪽 전문가들은 상당히 돈이 들 것 같다.

학교에서 지도를 그릴 때 썼던 철도펜은 사용하는 데 요령이 꽤 필요하다. 평행선이 좁아지거나 한쪽에 흰 잔줄이 생기는 통에 어릴 적에는 별로 다루기 좋은 펜이 아니라고 생각했다. 펜은 보통 펜대에 끼운 채 붓꽂이에 세워놓는데, 요 얼마 전에 술에 취해 붓꽂이 위에 엉덩방아를 찧고 일어났더니 엉덩이에 펜이 대여섯 개 꽂힌 채 매달려 있었다는 얘기를 들었다. 술이 대번에 깨버렸지 싶다.

컴퍼스

가부키의 회전 무대를 '휘돌리기ぶん回し'라고도 부르는 모양인데 여기서는 컴퍼스를 말한다. 그렇다고 측량을 할 때 방위를 정하는 도구도 아니거니와 남반구에 가면 보이는 별자리도 아니다. 지금 내 곁에 다양한 문방구가 있지만 그중에 제도기라고 할 만한 물건은 별로 없다. 정밀성이 필요한 그림을 그릴 일이 없기 때문이다. 중학생 때는 먹줄펜을 갖고 있었다. 용기화 수업이 있어 누구나 다 사야 했다. 자랑은 아니지만 매번 제일 높은 점수를 받았기에 나는 용기화 수업이 싫지 않았다. 제도와 관계있는 일을 할까 잠시 생각했을 정도다.

그건 그렇고 연필을 끼워 원을 그리는 아주 단순한 컴퍼스는 요즘도 갖고 있다. 때때로 사용하는 이 컴퍼스를 나는 휘돌리기라고 부른다. 이노 다다타카*는 대나무로 손수 만든 휘돌리기를 썼다지만, 내가 원하는 동그라미는 휘돌리기가 없어도 연필 두 자루만 있으면 그릴 수 있는 수준이라서 별 지장은 없다. 대나무 컴퍼스라 하니 말인데 전쟁 중에 집이 타버려 문방구가 모조리 없어지는 바람에 대용품들을 구해야 했던 적이 있다. 그때 대나무와 나무젓가락 따위로 만든 컴퍼스를 여전히 간직하고 있다.

『겐페이 성쇠기』**에 휘돌리기가 나온다기에 궁금해 국문학을 공부하는 친구에게 조사를 부탁했더니 다음과 같은 흥미로운 구절을 베껴 보내줬다.

"한 해는 첫 번째 상황(고시라카와인)께서 도바의 어소에 행행해 아악 놀이를 여셨다. 오월 이십 며칠의 일이다. 귀족과 당상관이 열석했다. 시게히라 경도 출사하려고 몸치장을 하는데 병꽃나무에 뻐꾸기가 그려진 부채종이를 꺼내 잘 붙여 올리라고 모리나가에게 말씀하셨다. 모리나가

*이노 다다타카伊能忠敬 에도 시대의 측량가.

**『겐페이 성쇠기源平盛衰記』 겐지 가문과 헤이케 가문의 흥망성쇠를 그린 군담소설.

가 받잡고 서둘러 붙이려다 휘돌리기를 잘못 대어 뻐꾸기 가운데를 잘라 겨우 꼬리와 날개 끝만 남겼다. 그르쳤다고 생각했지만 바꿔 붙일 부채도 없기에 그대로 올렸다. 시게히라 경은 그런 줄 모르고 출사해 어전에서 부채를 펴 부쳤다. 그 모습을 상황께서 보시고는 시게히라의 부채를 갖고 오라 하셨다. 비로소 시게히라는 알아채고 송구스러워했지만 재삼 분부하시니 어전에 부채를 올렸다. 상황께서 펼쳐 보시며 애통하게도 명조에 상처를 입혔구나, 누구 탓이더냐 물으셨다. 그 자리의 귀족들도 모두 참으로 희한하게 여겼다. 시게히라도 매우 언짢고 부끄러워하는 모습이었다. 물러난 뒤 모리나가를 불러 심히 꾸짖었다."

이야기 속 휘돌리기가 어떤 것이었는지는 상상에 맡기기로 하고, 내가 아직 한참 어렸을 때 한 중학생이 휘돌리기로 동그랗게 원을 그리는 모습을 보고 깜짝 놀란 적이 있다. 그 휘돌리기는 매우 간단한 구조였다. 그럼에도 인간의 손이 어떤 도구를 이용하면 실로 근사한 일을 해낼 수 있음을 알게 됐다. 나도 꼭 그려내리라 믿고 연필 달린 휘돌리기를 빌려 해봤지만 보기 좋게 실패했다. 연필이 중심이 되고 침이 돌아가는 통에 잘 그려지지 않았다. 몇 번 하는 사이 원을 그리기는 했는데 살짝 어긋나는 부분이 생겼다. 그로부터 얼마 지나지 않아 집에서 휘돌리기를 사준 뒤에야 겨우 만족스러운 원을 그릴 수 있었다.

깔끔하게 원 두 개를 그리게 되면서 나는 두 바퀴가 달린 자동차를 열심히 그려댔다. 전에는 자동차를 그려도 바퀴는 잘 그리지 못했건만 이번에는 바퀴만 너무 잘 그려져 다른 부분이 그만 못해 보였다. 이런 일은 지금도 종종 경험한다. 도구를 써서 그린 그림은 맨손으로 그린 그림보다 서툰 면이 더 눈에 띄게 마련이며 또 그게 언제까지나 마음에 걸린다. 도로가 포장돼 있지 않던 시절, 나는 학교 운동장 흙바닥에 쪼그리고 앉아 곧잘 땅따먹기를 했다. 가위바위보를 해서 이긴 쪽이 진지를 넓혀나갔다. 엄지손가락 끝으로 중심을 잡고 가운뎃손가락을 쭉 뻗어 손끝으로 원둘레를 그린 만큼이었으니 손이 큰 사람이 유리했다. 자기 손을 휘돌리기로 썼던 셈이다.

앞서 말한 중학교 용기화 수업 시간에 선생님은 칠판에 커다란 삼각자를 대고 직선을 긋거나 분필을 끼운 커다란 휘돌리기로 원을 그렸다. 여러 교실에서 몇 번씩 그릴 테니 당연하겠지만 선생님의 솜씨는 정말로 노련했다. 우리는 칠판에 적힌 내용을 노트에 베꼈다가 집에 돌아와 먹줄펜으로 깨끗하게 다듬었다. 나는 25년 동안 교사를 했어도 문학 담당이었기에 대형 휘돌리기를 써볼 기회는 끝내 없었다.

잉크

문방구 가운데 잉크는 백과사전에 꽤 상세히 나와 있다. 나는 잉크가 없으면 일을 할 수 없다. 어지간히 큰 병에 걸리지 않은 다음에야 잉크를 쓰지 않는 날이 거의 없을 정도다. 글자를 쓰는 것은 뭐니 뭐니 해도 수작업이다. 속도가 빠른 이 시대에 참 바보 같다는 생각은 들지만 지금으로서는 다른 방법이 없다. 말한 내용을 테이프에 녹음한 다음 다른 사람에게 원고지에 옮기게 하는 사람도 있다는데, 말하기와 글쓰기를 확실히 구별하는 나는 도저히 그런 흉내는 못 내겠다.

만년필 펜촉이 굵어지면 같은 양의 원고를 써도 확실히 잉크를 더 빨리 소모한다. 3백50시시 병을 사서 보통 잉크병에 조금씩 덜어 쓰니 소모가 빠르다고는 해도 아주 미미한 양이지만 말이다. 매일 신세를 지는 물건인 만큼 잉크의 역사나 제조법쯤은 누가 물어보면 술술 말할 수 있으면 좋으련만, 내게 이런 것을 물어보는 사람이 좀처럼 없다 보니 갑자기 시험이라도 친다면 백 점 만점에 30점이나 받을 수 있을까.

어릴 적에는 펜글씨 연습을 하거나 필기 내용을 깔끔하게 베껴 쓰는 정도라 책상 위에 잉크병을 꼭 놓아두기는 했어도 쓰는 양은 뻔했다. 어쩌면 그 시절에는 잉크를 종종 쏟았기에 그것까지 보태면 소비량이 제법 많았을 수도 있다. 책가방 속에서 잉크가 쏟아지기라도 하면 교과서고 공책이고 보기 좋게 물들어버려서 처참했다. 그래서 먹물이나 잉크병에는 끈이 달려 있었고 그 끈 끝에 손가락을 끼우는 고리가 있어 손에 걸고 다녔다. 하지만 집에 가는 길에 친구와 장난치다가 잉크병이 어디 부딪쳐 깨지기라도 하면 이번에는 바지나 웃옷이 잉크투성이가 됐다.

잉크병을 뒤엎었을 때의 오싹한 느낌이 사뭇 독특한지 사람을 놀래는 장난감 중에는 잉크가 흘러나온 것처럼 가장한 것이 많다. 책상 위에 쏟은 잉크를 스포이트로 빨아

들여 잉크병에 다시 담고 압지 한 장으로 뒷마무리하는 쓸쓸함은 거의 모든 사람이 맛보지 않았을까. 이때 책상 위에 묻은 잉크 얼룩은 쉽게 사라지지 않는다.

잉크라는 물건도 50년 사이에 상당히 좋아졌다. 지난 시절의 세세한 일들을 곧잘 잊어버리는 나조차 항상 씻어 주지 않으면 만년필에 잉크 찌꺼기가 쌓여 금세 잘 안 나오던 일만큼은 또렷이 기억한다. 학교에서 잉크가 다 닳아 옆 친구에게 종류가 다른 잉크를 얻어 보충하면 잉크가 굳거나 색깔이 엷어지기도 했다. 잉크에는 이렇게 다양한 비극이 따라다녔다.

전쟁 중에 잉크를 제조하는 데 어떤 제약이 있었는지 다른 물건과 마찬가지로 질이 떨어졌다. 블루블랙과 다른 색 잉크는 제조법에 큰 차이가 있다는 사실을 나중에 확실히 알았는데, 어릴 적에도 냄새의 차이는 잘 알고 있었다. 좀처럼 못 사고 있다가 마지막에 겨우 손에 넣은 붉은 잉크는 말로 설명하기는 어렵지만 나무통에 든 얇은 유리병이라 안약 같은 느낌이었다. 병 주둥이가 아주 좁아 펜촉을 담그는 게 아니라 펜촉에 한 방울 두 방울 떨어뜨렸다. 지금도 내 수중에 있건만 모르는 사람은 이것이 잉크라고는 결코 생각지 않으리라.

예전에는 입학이나 진학 축하 선물로 잉크스탠드를 흔

히 받았다. 펜 접시와 잉크를 조금씩 넣어 쓰는 잉크병이 딸려 있었는데 사용하기에 편하지는 않았다. 회사 중역실의 커다란 책상 위에라도 올려두면 모양새가 좋을지 몰라도 내 책상 위에서는 자리를 너무 차지해 결국 어딘가로 치웠다. 잉크스탠드는 이제 문방구라기보다 오히려 장식품이니 다르게 취급하는 편이 낫다. 다만 매일 잉크와 함께 지내는 사람으로서는 야단스럽지 않은 잉크병이 있다면 하나쯤 갖고 싶기도 하다.

거리를 걸으면 압지를 나눠주던 시절이 있었다. 학생 거리에서는 책방이나 옷 가게, 구두 가게에서도 압지에 광고를 인쇄해 건넸다. 이 종이가 어쩌다 노트 사이에 들어가버리면 강의를 들을 때마다 광고가 눈에 들어왔다. 나는 일할 때 볼펜을 쓰지 않기에 곁에는 늘 압지를 두고 있다. 잉크를 말리는 데 자주 이용해 떨어지면 사러 간다. 압지가 널리 쓰이기 이전에는 모래를 뿌린 모양이지만 아무리 그래도 모래를 써본 적은 없다.

만년필

만년필은 쓰는 빈도가 적기에 험하게 다루지만 않으면 평생 한 자루로 충분하다. 어쩌면 이대나 삼대에 걸쳐 쓸 수 있을지도 모른다. 그런데 사용하는 빈도가 별로 높지 않은 사람일수록 필기감이나 잉크가 어떻게 나오는지만 신경을 써서 자꾸만 사는 것 같다. 디자인이 새로워지면 그게 또 갖고 싶고…… 이것은 만년필만이 아니라 일반적인 현상이니 그 덕분에 장사도 다 가능한 것일 테다.

나는 16년째 한 만년필을 쓰고 있다. 원고를 쓰려고 산 이 만년필은 원래 굵은 글씨용이긴 한데 16년이나 지나는 사이에 더 굵어졌다. 쓰인 글자를 봐도 알지만 잉크가 줄어드는 정도를 봐도 분명하다. 즉 잉크를 한 번 넣고 나서 원고를 몇 장 쓸 수 있느냐다. 슬슬 펜촉의 이리듐을 갈아 끼울까 아니면 새로 살까 생각하기 시작한 참인데 이래저래 궁리하는 사이 금세 두세 해가 지나가버리겠지.

그 전에 쓰던 만년필은 도둑이 가져갔다. 꽤나 고생하며 내 작업실에 들어온 도둑은 훔칠 만한 물건이 달리 없었는지 만년필과 세 대 남아 있던 담뱃갑만 들고 갔다. 도둑이 내 작업실을 훈련 장소로 골랐나 보다. 나는 물건을 오래 쓰는 편인데도 장사 도구인 만년필은 입때껏 대여섯 자루를 쓰다 망가뜨렸다. 떨어뜨린 적은 한 번도 없고 다른 집에 잊고 온 적은 두 번쯤 있다. 그럴 때면 일을 할 수 없으므로 곧장 돌아가 찾아왔다. 만년필이 없어도 연필이든 뭐든 글자만 쓸 수 있으면 일하지 못할 건 없지만 그건 이론일 뿐 실제는 그렇지 않다.

중요한 도구로 아무렇지 않게 쓰면서도 만년필의 역사나 재료, 제조법에 관해서는 무지하다고 고백할 수밖에 없다. 어린 시절, 이른바 가내수공업 시대에 만년필을 만드는 장면을 본 적이 있는데 이지러진 에보나이트 펜대를 받아온 일 말고는 기억이 잘 나지 않는다. 교실에서 만년필로 필기를 하거나 시험 답안을 쓰게 된 것은 중학교에 들어간 뒤였을까. 쓰다가 틀리는 일이 많은 나이대다 보니 공책이고 답안지고 지저분하기 그지없었다. 게다가 도중에 잉크가 떨어지기라도 하면 어쩔 줄 몰랐다. 이럴 때면 옆자리 친구에게 잉크를 얻었고 나도 친구에게 종종 수혈을 해줬다. 펜촉끼리 딱 붙인 모양새가 그야말로 수혈 작업이었다. 이때 얻은 잉크의 질이 다르기라도 하면 글자 색이 바뀔 뿐만 아니라 펜촉이 막혀 글자가 안 써지기도 했다. 말하자면 혈액형이 다른 사람에게 수혈을 받았다가 큰일이 나는 것과 비슷했다.

지금의 만년필은 문구점을 여기저기 돌아다니며 가게 주인과 이야기를 나눈 끝에 산 것이다. 외국산보다 국산품이 훨씬 오래 갈뿐더러 수리도 책임지고 해준다는 지당한 의견이었다. 십몇 년씩 쓰면 확실히 소매점 입장에서는 못 배길지도 모르지만 진정한 장사꾼으로서는 역시 좋은 물건을 추천하고 싶은가 보다. 요즘에는 그런 주인들이 점점 가게에서 사라지고 상품을 열심히 연구하는 점원도 적어지니 나처럼 끈질기게 조사하고 나서 상품을 사려는 사람은 불편해졌다.

만년필의 필기감에 대해서는 이런저런 의견이 있지만 어떤 만년필이든 익숙해지는 것이 가장 중요하다. 일을 잘 해준다 싶으면 안식일이라도 정해 일주일쯤 쉬게 해주고 싶지만 내가 큰 병에라도 걸리지 않는 다음에야 만년필의 휴일은 좀처럼 찾아오지 않는다.

마지막으로 한 가지, 만년붓을 써두겠다. 말은 이렇게 해도 나조차 아직 써본 적이 없다. 별로 비싼 물건이 아니니 사용해보고 나서 쓰면 좋은데 "분세이* 11년에 동으로 만든 대에 붓을 단 '회중필'이라 부르는 일종의 붓 만년필이 고안됐다"라는 기사를 읽었을 뿐이다. 고안한 사람은 오미 지방의 총포 대장장이 잇칸사이 구니토모 도베이. 회중필에 관해 이보다 더 자세히 설명한 자료는 갖고 있지 않아 구조도 알 수 없다. 언젠가 휴대용 붓통 겸 먹통을 상세히 조사할 기회가 있다면 잊지 말고 신경을 쓰기로 하자. 얼마 전 내 책에 서명을 하면서 사인펜을 썼더니 상대방이 감사 인사를 하며 실은 붓으로 써주기를 바랐다고 했다. 이럴 때 휴대용 붓통 겸 먹통을 꺼내거나 회중필로 썼다면 필시 기분이 좋았으리라.

*분세이 일본의 연호로 1818~1830년.

풀

전쟁 중에는 아무것도 없어 온갖 일을 하는 데 지혜를 짜내거나 궁리를 해야만 했다. 이른바 생활의 지혜였는데 그런 말을 떠들 형편은 못 됐다. 편지를 쓰고 봉투를 만들어도 풀이 없었다. 누구나 곧장 밥알을 떠올렸지만 밥알마저 없을 때가 많았다. 고심한 결과인지 실로 정성껏 봉투를 꿰매 보낸 사람도 있었다.

밥풀은 오래전부터 있었고 목수가 판자를 이어붙이는 데 쓸 만큼 강력하게 접착된다는 것도 익히 알았다. 그러려면 판자와 주걱을 써서 충분히 이겨야 했다. 또 많은 양을 만들어봤자 보존할 수가 없었기에 봉투를 붙일 때마다 두세 알의 밥알을 손끝으로 짓이길 뿐이니 던적스러웠다.

용기가 바뀐 야마토풀*은 요즘도 그럭저럭 편리하다. 내가 초등학생이던 시절에는 파란 유리병에 양철 뚜껑이었고 화살과 과녁이 그려져 있었다. 한동안 쓰지 않으면 유리병에 금이 가거나 풀에 곰팡이가 끼거나 뚜껑 안쪽에 울퉁불퉁 녹이 슬었다. 야마토풀 덕분에 종이 상자를 만들고 콜라주를 하고 사진을 정리했으니 상당한 은혜를 입은 셈이다. 지금은 거의 하지 않는데 어렸을 때만 해도 나는 신문에서 흥미로운 사진이나 기사를 오려 야마토풀로 싸구려 공책에 붙였다. 스크랩북이 있었겠지만 근처 작은 문구점에서 가장 싼 공책을 사서 썼다. 이 오려 붙인 신문이 남아 있다면 수필에 쓸 소재를 많이 찾을 수 있었을 텐데 아쉽기 짝이 없다.

오래된 백과사전에서 풀을 찾아보면 재료와 제조법이 아주 자세히 나와 있다. 백과사전은 새로워질수록 설명이 간단해지고 잘못된 부분이 더러 있기에 항목에 따라 다르기는 해도 일단 오래된 편이 도움이 된다.

*야마토풀 야마토 주식회사가 생산하는 풀로 1899년에 전분으로 만든 풀에 방부제를 섞어 보존이 가능하게 만들었다. 지금은 원료로 타피오카를 쓰기에 먹어도 되는 풀로 유치원에서 인기가 많은 편이다.

나 같은 사람에게 아라비아풀은 참 새롭고 하이칼라 같은 느낌이었다. 손가락으로 떠서 손가락으로 바르는 풀과 달리 어떻게 써야 할지 몰라 갈팡질팡했다. 손을 더럽히지 않고도 해면 사이로 스며 나오는 그 모습이 처음에는 못 미더웠기에 불안한 마음에 결국 손끝으로 끈기를 확인하면서 썼다. 잡지 부록으로 주는 장난감 만들기의 '풀칠'이라고 적힌 부분에는 손가락으로 바르는 기존 풀이 어쩐지 더 안심됐다. 이젠 수용성 비닐 같은 합성수지를 원료로 한 합성풀에도 익숙해졌다. 용기에도 다양한 궁리를 한 흔적이 보인다. 다만 합성풀은 원료도 그렇고 제조 공정을 읽어봐도 좀처럼 이해할 수가 없다. 심히 아쉬운 노릇이지만 이해를 못 하면서 쓰는 셈이다.

내 일은 종이를 많이 쓴다. 종이로 무얼 하느냐면 주로 쓰기, 자르기 그리고 붙이기다. 그러려면 책상 위에는 당연히 풀이 준비돼 있어야 한다. 디자이너들이 사용하는 특수한 풀을 하나하나 시험해보지는 않았는데 나는 되도록 용도가 다양한 편이 더 좋은 것 같다. 예를 들어 손끝이 더러워지는 것을 싫어하는 사람도 많다. 실제로 더럽히지 않아도 된다면 그보다 더 좋을 수야 없겠지만, 손가락을 더럽히지 않기 위해 목적에 맞지 않는 방식으로 풀을 쓰는 건 좀 우스꽝스럽다. 도구나 재료가 너무 좋아지는 바람에 거기에 휘둘리고 있는 듯한 느낌이랄까.

요즘에는 풀을 써야 할 곳에 무턱대고 셀로판테이프를 쓴다. 나도 셀로판테이프를 갖고 있지만 함부로 사용하지는 않는다. 외국에 보낼 중요한 서류라면 몰라도 셀로판테이프로 엄중하게 봉을 한 봉투를 고생해 떼고 열어봤더니 나와는 별로 관계없는 싸구려 할인 판매 광고지가 나오거나 하면 부아가 치민다. 또 종이로 포장한 뒤 뭐든지 테이프를 덕지덕지 붙이다 보니 예쁜 포장지를 다시 쓰지 못하게 된다. 물건을 산 가게에서 셀로판테이프를 참 솜씨 좋게 사용하는 모습을 보고 그만하라는 말도 못하고 부글부글 끓고만 있을 때가 많다.

한때 나도 파손된 책이나 노트 따위를 수리하는 데 테이프를 썼는데 가장자리에 먼지가 묻거나 울고 또 세월이 지나면 지저분하게 벗겨져서 형편없었다. 말 많은 사람 입에라도 붙이면 효과가 있으려나. 하기야 EVA 테이프 같은 것도 있으니 각각의 용도를 잘 모르는 내 무지에서 비롯된 일이겠지만, 적어도 테이프를 제대로 잘 다루기까지는 탁자 위에 풀이나 아라비아풀, 하다못해 합성풀을 놔두고 저마다의 용도로 유효하게 쓰고 싶다.

분필

나는 25년 동안 학교에서 교사로 일했다. 그렇다면 제법 많은 분필을 썼겠다고 생각하겠지만 거의 사용한 적이 없다. 따라서 칠판도 거의 셀 수 있을 정도밖에 사용하지 않은 셈이다. 어째서인지는 나도 잘 모르겠다. 분필을 쓰는 게 싫어서도 아니고 가루가 폐에 들어가는 게 무서워서도 아니다. 그저 칠판에 뭔가를 써서 가르치는 식으로 수업하지 않았다고밖에는 할 말이 없다. 다른 선생님 대신 시험 문제를 두세 줄 쓴 것과 건방지게 라틴어를 한 번 쓴 것 외에는 생각나지 않는다.

친구 가운데 얼굴을 맞대고 이야기할 때면 곧장 종이를 꺼내 그림을 그려가며 설명하는 이가 한 명 있다. 조금 복잡한 이야기라면 이해가 잘 되고 잘못 알아듣는 일이 없으니 편할뿐더러 강한 인상까지 남긴다. 이런 사람이 교사라면 칠판을 활발히 이용할 성싶다. 내가 배운 선생님들도 분필을 활발하게 쓰는 쪽과 거의 쓰지 않는 쪽이 있었지만, 선생님 한 분 한 분이 교실에서 보여준 모습을 떠올리면 칠판에 적힌 글자도 함께 그려진다. 그러니 학교의 분필 소비량은 어마어마하리라. 용기화 선생님은 커다란 자와 컴퍼스를 써서 칠판에 도형을 솜씨 좋게 그렸다. 역사 선생님도 그림을 곧잘 그렸는데 너무 잘 그려 감탄하는 사이 이야기는 앞으로 죽죽 나가버렸다. 박물 담당 선생님은 꽃이나 동물 해부도를 잘 그렸다.

나는 프랑스어를 공부하는 초등학교에 다녔다. 프랑스인 선생님이 가르치던 프랑스어 번역 시험 때면 곧잘 불려나가 칠판에 문제를 서둘러 쓴 다음 자리에 돌아와 그 문제를 다른 학생들과 같이 풀었다. 시간이 넉넉한 것도 아니고 점수를 특별히 잘 주는 것도 아니라서 손해 보는 역할이었다. 칠판에 쓴 내 글씨가 얼마나 빈약해 보이는지는 그 무렵부터 아주 잘 알았다. 힘을 충분히 주어 진하게 썼다고 생각한 글자도 자리에 돌아와서 보면 옅고 흐릿한 서

글픈 글자였다. 이런 일이 교사가 된 뒤에도 떠올라 되도록 칠판에 글씨를 쓰지 않으려 했는지도 모른다.

프랑스 이야기가 나와서 말이지만 분필은 1873년에 프랑스에서 수입한 모양이다. 나는 프랑스어로 라크레la craie라고 배웠다. 프랑스인 선생님은 무척이나 엄격해 교실 창밖을 멍하니 바라보기라도 하면 엄청난 기세로 분필 조각이 날아왔다. 또 옆 친구들과 수다라도 떨었다가는 몇 시간씩 칠판을 마주 보고 서 있어야 했다.

교재 문구 중에서도 큰 역할을 담당하는 분필 제조법을 책에서 찾아보면 단순한 듯하면서도 제법 다양한 공정을 거친다. 소석고로 된 것과 탄산칼슘으로 된 것이 있고 여기에 여러 가지 재료가 추가된다. 나로서는 알아두고 싶은 사항이지만 아는 척하고 쓸 순 없는 노릇이다.

분필 하면 떠오르는 일이 하나 더 있다. 어찌 된 일인지 분필 조각을 이용해 촉루를 잔뜩 만든 적이 있다. 해골 말이다. 분필 조각을 발견하면 칼로 열심히 해골을 만들어 갖고 싶어 하는 친구들에게 나눠주거나 내 책상과 창가에 나란히 늘어놓았다. 나는 남들이 하는 건 다 해보고 싶어 하는 성미라 제법 다양한 일에 도전해 어느 정도는 해냈지만, 어째서인지 조각만큼은 잘 되지 않았다. 솜씨를 부려 목각을 해보고 점토로 사람 모양을 만들어봐도 전부 실패한다. 그런데 왜 그 많은 해골을 만들었는지 지금 생각해보면 별의별 희한한 짓을 다했지 싶다.

조금 긴 분필을 주우면 사각으로 깎아 글자를 새겼다. 중학교 1학년에서 2학년 때 습자나 한문 수업 시간에 배운 이런저런 한시를 세세하게 칼로 팠다. '月落鳥啼월락조제……' 따위였다. 교실에서 간단히 할 수 있는 일이 아니었기에 집에 가져가 책상 위를 가루로 새하얗게 덮으며 완성했다. 친구가 만들어달라고 하면 신나서 만들어줬다. 작년에 오랜만에 중학교 동창회에 출석해 피차 나이를 먹은 옛 친구들끼리 이야기를 나눴다. 그중 한 사람이 내가 세밀하게 글자를 새긴 분필을 여태껏 잘 간직하고 있다고 했다. 그 이야기를 들으니 지금 해보면 잘 될까 생각은 하면서도 만들지 않고 있다.

주머니칼

일전에 친구에게 받아 소중히 간직하던 주머니칼을 어디에 두고 왔는지 잃어버리고 걱정이 돼 일도 잘 안 된다는 수필을 쓴 적이 있다. 이 글을 중학교 국어 교과서에 싣고 싶다고 하기에 승낙했는데, 얼마 안 있어 교과서 회사 분이 찾아와 주머니칼이나 나이프가 나오면 문부성이 꼭 불만을 제기하니 시계로 바꿔주지 않겠냐고 부탁했다. 나는 어이가 없었다. 이야기를 찬찬히 들어보니 관청은 아직도 그런 곳인 모양이었다. 학생들이 쓰는 나이프에 관해 이런저런 논의가 있었다는 사실은 나도 잘 알지만, 그 일이 지금까지 이렇게 꼬리를 끌고 있다니 우스울 뿐이었다. 물론 그 요청은 거절했다.

얼마 전 초등학교에 다니는 아이가 있는 어머니에게 어떤 칼로 연필을 깎는지 물어봤더니 역시나 칼은 들려 보내지 않는다, 학교에는 교실마다 연필깎이가 비치돼 있고 집 책상에도 전동 연필깎이가 있기에 딱히 칼이 없다고 불편하지 않다고 대답했다. 나는 그 말을 듣고 나서 주머니칼도 못 쓰는 대학생이 생긴다는 둥 내가 어디 회사 입사시험에서 시험관이 되면 눈앞에 연필과 주머니칼을 놓고 깎아보라고 하겠다는 둥 비아냥거리는 글을 신문에 썼다. 손재주가 있는지 없는지는 둘째 치고 주머니칼을 써본 적 없는 인간을 상상하면 무시무시하다. 타잔은 알몸이지만 언제나 나이프 하나는 허리에 차고 있다.

나이프로 사람을 다치게 한 기억은 없어도 내 손은 몇 번씩 베었다. 지금도 이따금 손가락을 베긴 하지만 주머니칼은 내가 늘 쓰는 문방구 가운데서도 중요한 물건이다. 연필을 깎을 때 외에도 참 많은 일을 한다. 지금 쓰는 것은 페넌트 나이프라는 이름의 얇은 칼로 수첩 사이에 끼워도 되는 데다 가격이 무척 저렴하다. 히고노카미*도 써

*히고노카미 일본에서 1890년대부터 제조되던 접이식 칼로 등록상표이기도 하다.

봤는데 그보다 더 쓰기 편하다. 창칼도 좋지만 밖에 나갈 때 갖고 다니려면 좀 궁리를 할 필요가 있다.

연필을 깎거나 종이를 자르는 정도라면 날은 가끔씩 갈면 되지만, 나는 주머니칼을 야외로 들고 나가 종종 모종삽 대신으로 쓰기도 해서 꽤 바지런히 갈아준다. 주로 부엌칼 따위와 함께 가는데 날붙이를 갈면 기분이 좋다. 자르는 도구는 잘 잘리는 상태로 두는 것이 도구를 소중히 하고 예뻐하는 마음이라고 생각한다. 재미있게도 어떤 날은 칼날이 잘 갈리고 또 어떤 날은 잘 안 갈린다. 두세 사람에게 물어봤더니 다들 그렇다고 했다. 숫돌의 상태가 아니라 아무래도 그날 기분에 따라 달라지는 듯하다. 매일 같이 날붙이를 가는 직업이 아니기에 상태가 들쭉날쭉한지도 모르겠다.

주머니칼이라 썼다 나이프라 썼다 하고 있는데, 한때 유행처럼 면도칼의 날을 사용한 칼이 곧잘 발견됐다. 1947년에 도쿄 분쿄 구에 사는 이시카와 규이치 씨가 고안해 짧은 손잡이가 달린 칼이 판매되기 시작했다고 기사에서 본 적이 있다. 나도 나이프를 갖고 나가는 것을 잊어버렸을 때 한두 번 샀다. 값이 싸다 보니 아끼지 않아서인지 누군지 모를 주인이 깜빡하고 간 것을 곳곳에서 볼 수 있었다. 이 칼은 연필을 깎을 땐 잘 들어도 활용 범위가 무척 좁았기에 주머니칼 하나를 여기저기에 쓰고 싶은 내게는 임시변통 같은 느낌이었다. 이제 면도칼로 쓰기에는 쓸모가 없어진 날을 이용한다면 버릴 물건을 재활용하는 일이긴 해도 어째 이도 저도 아닌 느낌이라 결국 애착이 가지 않았다.

요즘은 커터칼이 많이 나온다. 커터칼은 특수한 용도로 쓸 때 상당한 위력이 있다. 칼날이 무뎌지면 뚝뚝 꺾어서 버리는 점은 자못 현대풍이다. 그런데 주머니칼 범주에 넣어야 할지 어떨지. 나는 성격상 쓰고 버리는 물건은 될 수 있으면 갖고 싶지 않은데, 문방구나 다른 상품들이나 일회용이 자꾸 늘어간다. 그래서 적어도 주머니칼 정도는 애착하며 쓰고 싶다. 나는 물건을 오래 쓴다는 말을 듣지만 사실 지금까지 물건을 떨어뜨리거나 잊고 오는 일이 비교적 적었을 뿐이다. 주머니칼도 날을 갈면 조금씩 소모되는 원리이긴 해도 잃어버리지 않는 다음에야 일단 평생 쓸 수 있다. 앞에서 전에 주머니칼을 잃어버렸다고 썼는데 1년 반 정도 지나서 찾았다. 초인종 코드를 수리하다가 천장 근처의 들보 위에 올려둔 것을 찾았을 땐 야단법석을 떨며 기뻐했다. 그 칼을 지금도 쓰고 있다.

자

아는 사람 중에 '삼각자'라고 불리는 사람이 있었다. 콧대가 높고 코끝이 뾰족해 붙은 별명으로 남몰래 이 삼각자를 부러워하는 사람이 꽤 많았다. 사람 코에 대해 쓰는 자리가 아닌데 처음부터 옆으로 샜다. 자는 종류가 워낙 많아 처음에는 삼각자 이야기만 할까 생각했다. 내가 지금 쓰는 삼각자는 다소 큰 것과 13센티미터쯤 되는 것 두 개다. 작은 자는 곁에 두면 여러모로 편리하지만 이 편리함에는 조금 불편한 부분도 있다. 그 이야기부터 써보자.

첫째로 이 자를 내가 산 기억이 없다. 아마 길거리에

떨어져 있던 것을 주웠지 싶다. 그도 그럴 것이 투명한 플라스틱으로 된 자에는 '하루코'라는 이름이 새겨져 있다. 하루코라는 사람은 내 주위에 지금도 없고 과거에도 없었으니 주워온 물건일 공산이 높다. 이미 십몇 년 전부터 이 자를 쓰고 있다고 기억하므로 자의 전 소유주였을 하루코 씨는 이제 스무 살을 넘어 어쩌면 누군가의 아내가 됐을 수도 있다.

그런데 이 삼각자는 쓸모 있긴 해도 싸구려라 그런지 센티미터 눈금이 정확하지 않다. 게다가 조금 불편하다고 쓴 이유는 직각이 아니기 때문이다. 가령 7센티미터 정사각형을 그리려고 이 자를 써서 순서대로 직각선을 그으면 반드시 어긋난다. 내가 가진 곱자도 잘 살펴보지 않고 사서 그런지 직각에 문제가 있어 1미터에 5밀리미터 정도 오차가 생긴다. 곱자든 삼각자든 정확하지 않다면 자로서는 실격이지만, 이렇게 잘못 만들어진 물건이라도 잘못된 성질을 잘 알고서 쓰다 보면 애착이 생기니 묘한 노릇이다.

세상에는 좋은 사람만 있는 게 아니다. 교제 범위를 생각해봐도 다양한 성질을 가진 사람들이 있다. 이 점을 명심하고 교섭을 유지하는 것이 인간 집단이자 공동생활이 아닌가 싶다. 이런 말을 할 수 있는 이유는 이렇게 오차가 있는 자를 써도 상관없는 일을 내가 하고 있기 때문이다.

만일 내가 정밀한 도면을 그려야 하는 일을 하고 있다면 하루코 씨의 삼각자와 진즉 결별했으리라.

중학교에 용기화 수업이 있었다. 미술 수업 시간에 그림과 용기화를 교대로 배웠던가. 여하튼 선생님은 ab의 길이를 한 변으로 하는 오각형을 그리는 방법을 칠판에 크게 그릴 때 커다란 자와 분필을 끼운 대형 컴퍼스를 썼다. 우리는 선생님이 그린 것을 줄 없는 노트에 베꼈다가 집에 돌아와 먹줄펜을 써서 도화지에 정서했다. 칠판은 글자를 쓰려 해도 요령을 모르면 잘 쓰기 힘든데 자를 써서 그림을 그리다니 상당히 어려워 보였다. 그 선생님은 솜씨가 참 좋았다. 마침 그날 청소 당번에 걸리면 칠판의 그림을 지우기가 아까울 정도였다.

요 얼마 전에 방구석에 쌓아둔 잡동사니 상자를 꺼내 봤더니 판지로 만든 구름자가 나왔다. 전쟁이 끝난 뒤 혹은 전쟁 중에 물자가 부족하던 시기에 산 듯한데 쓸데없는 낭비였다. 왜냐하면 이 나이가 될 때까지 나는 구름자를 써본 적이 없기 때문이다. 그런 게 있다는 사실은 어린 시절부터 알았지만 실제로 구름자가 필요할 만한 기회는 없었다. 그림을 그리다가 재미있는 곡선을 그리고 싶다는 욕구가 생겨도 구름자를 사용하려고 한 적이 없었다. 앞으로도 구름자를 쓸 일은 어쩐지 없을 것 같지만 생각해낸 사람에 대해서는 조사해보고 싶다.

오히려 써보고 싶은 것은 자재곡선자다. 이것도 그림을 그리면서 생기는 일인데 곡선을 그리다 보면 무심코 내 버릇이 나오는 통에 거기서 벗어나 새로운 곡선을 그리기가 꽤 어렵다. 그럴 때 이 특수한 자를 쓰면 새로운 곡선을 발견할 수 있을까.

초록빛

동쪽을 면한 내 방 창문에는 덧문이 있다. 40년 가까이 되는 세월 동안 딱 한 번 덧문을 깜빡하고 닫지 않은 적이 있다. 아침에 일어나 방에 들어선 순간 가슴이 철렁했다. 도둑이 문을 억지로 따고 들어온 줄 알았다. 이 집에 살기 전에 누가 다른 집을 넘겨줘서 유리창뿐인 방을 썼었는데 그때 도둑이 들었다. 전에도 썼지만 갖고 갈 물건이 없었는지 싸구려 만년필과 딱 세 대 남아 있던 담뱃갑을 가져갔다. 물건을 훔친다기보다 밤중에 남의 집에 숨어드는 연습을 했나 보다.

덧문을 달면 그럴 걱정은 거의 없다. 게다가 아침에 문을 열어 바깥 공기를 들이면 매일 있는 일이지만 아침이 와서 그날 하루가 시작된다는 대수롭지 않은 느낌이 나쁘지 않다. 다만 햇볕이 건물 구조상 그리 길게는 들어오지 않는다. 덧문을 여는 시간에 따라 다르기는 해도 10분만 지나면 햇살이 옮겨간다. 햇빛이 비쳐 드는 사이에 일단 자리에 앉으면 책상 위 펜꽂이가 어여쁜 색깔로 빛난다. 이 아름다움이 오늘 아침 처음으로 보이다니 대체 어찌 된 일일까.

한번은 멀리서 친구가 찾아왔다. 오랜만에 보는 탓인지 전보다 조금 서먹했다. 친구는 내가 권한 포도주를 사양해가며 마시다가 이건 나 같은 사람에게는 너무 고급스럽다고 말하더니 결국 혼자 한 병을 마시고는 얼근해져서 돌아갔다. 이 포도주 병을 씻어 바닥에서 8센티미터 높이에서 자른 뒤 단면을 줄로 정성껏 문질러 펜꽂이로 만들었다. 벌써 십몇 년 전 일이다. "쓴 글자는 남는다Literae scriptae manent"란 나를 깨우치는 말을 갖다 붙였다. 놓아둔 자리도 거의 바꾸지 않았으니 날씨가 좋으면 아침마다 펜꽂이에 햇빛이 비쳐 똑같은 초록빛을 보여줬을 텐데 어째서 또 갑자기 깨닫고 감동한 것인지.

가위

『화명유취초』*에는 가위가 협鋏 또는 협도鋏刀라고 나와 있는데, 무엇인가를 집어 드는 경우와 종이나 헝겊 따위를 집어 자르는 경우 둘 다에 쓰였던 모양이다. 그 외에도 곤충인 집게벌레, 게의 집게 등을 포함해 각각에 쓰이는 글자를 되짚어보면 그럭저럭 재미있다.

내 셀룰로이드 필통 안에 가위가 들어간 때가 언제쯤이었을까. 이름표가 달린 걸 보니 초등학교 저학년 때거나

*『화명유취초和名類聚抄』 헤이안 시대 중기에 만들어진 사전.

유치원에서 오리기 따위를 한 기억이 있으니 어지간히 어린 시절부터 있었던 것 같다. 하지만 늘 갖고 있었을지 어떨지. 어머니의 벼루 상자에는 쪽가위가 들어 있었다. 평소 쪽가위를 썼지 서양 가위는 별로 쓰지 않았다. 예의 오리기를 하거나 실을 자르는 것은 쪽가위였다. 일반적으로 쪽가위가 재봉 상자에 들어가고 서양 가위가 책상 위나 서랍에 들어가 문방구로 쓰인 건 그리 오래된 일은 아니지 싶다.

아무것도 아닌 것 같아 보여도 가위를 잘 쓰려면 일종의 요령이 필요하다. 도화지나 엽서 정도 두께의 종이는 쉽게 잘리지만, 조금 두꺼운 판지나 유난히 얇은 일본 종이는 자르려고 하면 마음을 단단히 먹어야 한다. 자르는 방식이 서툴거나 우물쭈물하다가는 "바보와 가위는 잘 써야 잘 든다*"라는 말을 듣는다. 그런 말을 듣지 않더라도 떠올리고 만다. 꽤나 재미있는 뜻이 있는 말이다.

예전에는 집에 가위나 식칼을 갈아주는 일을 하는 사람이 찾아오곤 했다. 이런 장사가 성립한 것을 보면 부엌 식칼이 잘 안 들어도 직접 갈기 귀찮은 사람이 옛날부터 있었던 모양이다. 요즘은 이따금 기독교회 사람이 칼 가

*잘 든다라고 할 때의 '切れる키레루'는 머리가 좋다, 유능하다는 뜻으로도 쓰인다.

는 사람 대신 온다. 나는 회칼이든 고기 써는 칼이든 주머니칼이든 직접 갈기 때문에 그 사람에게 부탁한 적은 없다. 과연 잘 가는지 어떤지는 모르겠지만 식칼이나 주머니칼은 갈 수 있어도 가위는 좀 어렵다. 특히 작은 쪽가위는 성가시다. 바보 취급을 당하지 않기 위해 가위뿐 아니라 도구는 늘 쓰기 쉬운 상태로 유지하고 싶은데 좀처럼 쉽지 않다.

평소에 나는 가위를 언제 쓸까. 거의 하지 않지만 신문 잡지를 오려낼 때 그리고 가장 많이 쓸 때는 겉봉을 봉한 편지를 열 때다. 편지 봉투를 여는 데 칼이나 조금 튼튼한 철사를 쓸 수도 있고, 아무 도구도 없으면 마구 뜯듯이 찢어도 안에 든 편지를 꺼낼 수야 있다. 다만 성격상 그러고 싶지 않다. 정성껏 개봉하는 편이 훨씬 기분이 좋다. 또 챙겨둘 필요가 있는 편지를 묶을 때도 깔끔하게 자른 편이 얼마나 좋은지 모른다.

소포 끈을 자르는 데 가위를 쓰는 사람도 있을 것 같다. 이것도 성격이겠지만 나는 묶은 끈은 자르지 않고 푼다. 기계로 묶은 끈은 풀기 어려워 부아가 치밀긴 해도 조바심 나는 마음을 누르면서 끈기 있게 하다 보면 끝내 풀리지 않는 적은 거의 없다. 그러느라고 5분씩 10분씩 시간을 써도 시간을 낭비했다거나 손해를 봤다고는 생각하지 않는다. 끈을 묶었는데 풀리기 쉬우면 안 되지만 풀기 쉽도록 하는 것은 훌륭한 행동이다.

2년에서 3년 전부터 색깔이 좋은 종이가 있으면 상자에 챙겨뒀다가 그림에 쓴다. 전부 잘게 찢어 붙이기도 하고 그림 일부분에만 색깔 종이를 붙여 색을 칠했을 때와는 다른 효과를 노리기도 한다. 이때 가위를 쓴다. 복잡한 모양으로 자르지는 않지만 가위가 아니면 아무래도 잘 안 된다. 화가 다카무라 지에코 씨는 종이를 오려 만드는 그림에 매니큐어용 가위를 썼다고 하니 날이 잘 드는 것은 확실히 필요조건이다. 또 끝이 뾰족해 끄트머리까지 잘 잘리면 미묘한 곡선을 얻을 수 있다. 나는 이 작업을 하고 나서 평소에 상당히 무딘 가위를 쓰고 있구나 싶었다.

이 장난 같은 내 취미 활동을 본 친구가 유럽에 갔다가 졸링겐 가위를 사 왔다. 받자마자 바로 쓰고 있는데 가위로서 기능이 참 훌륭하다. 이 가위를 손에 쥐면 자르는 기쁨이 솟아난다. 분하지만 칭찬할 수밖에 없다.

수첩

매해 연말이면 이런저런 회사에서 다음 해에 쓸 수첩을 보내온다. 내가 교류하는 범위는 출판사나 방송사 같은 곳이다 보니 대체로 비슷하지만 자세히 보면 제각각 다른 점이 있다. 주소록이 붙은 수첩은 많은 친구와 지인이 실려 있어 편리하기는 한데 그 출판사와 별로 교류가 없는 사람은 나와 있지 않다. 당연한 일이니 어쩔 수 없다. 그 외에는 활자의 서체 견본이나 인쇄물 치수표, 그 회사와 관련한 기사가 담겨 있다.

나는 한 해에 한 권만 있으면 되기에 그중에서 한 권

을 고르고 나머지는 이런 수첩을 갖고 싶어 하는 사람에게 준다. 아무거나 상관없다고 해서 열 종류쯤 늘어놓으면 이것으로 할까 저것으로 할까 한참 망설인다. 보통은 크기나 하루 칸의 넓이 따위로 정하지만 뒤에 주소록이 없으면 좋겠는데 하고 작은 소리로 말하는 사람도 종종 있다. 나와 전혀 관계없는 사람의 주소록을 1년 동안 갖고 다닌다고 생각하면 넌더리가 나는 것도 무리는 아니다.

갑자기 직업을 바꾸기라도 하지 않는 다음에야 매해 같은 회사의 수첩을 쓰는 편이 익숙해서 좋다. 이건 나뿐만이 아니라 일반적인 경향이다. 줄이나 칸 구성을 무턱대고 바꾸면 익숙해지기까지 갈팡질팡하느라 귀찮게 느껴진다. 새해에는 이제까지와는 다른 새로운 기분이라는 마음으로 수첩 정도는 다른 것을 고르면 될 텐데 싶지만 결국 생활은 계속되니까 이러한 경향이 나타나나 보다.

대부분 사람은 날짜에 맞춰 생활하기에 날짜가 전혀 없는 수첩은 곤란하다. 그해 몇 월 며칠은 무슨 요일인지 보여주는 달력만 있다고 되는 것도 아니다. 약속한 일이나 예정을 써넣을 수가 없으니 불편하다. 그 외에는 없는 편이 나는 더 고맙다. 하루를 아침 8시부터 밤 12시까지 나눠 쓰게 돼 있는 수첩도 있는데 내 일은 시간에 따라 나눌 수 없다.

그건 그것대로 불평 없이 쓰고 있지만 밖에 나갈 때면 나는 다른 수첩을 한 권 더 들고 나간다. 이 수첩에는 소소한 갖가지 내용을 쓴다. 전차 안에서 문득 떠오른 생각이나 전화번호, 새로 나온 책 제목까지. 때로는 그림도 그리고 흰 페이지를 열어 사람들에게 어딘가로 가는 길도 그려달라고 한다. 특히 여행을 가면 더 쓸모가 있다. 이런 용도의 수첩은 줄이 없고 아무것도 인쇄돼 있지 않은 편이 좋지만, 그런 수첩은 특별히 주문해 만들어달라고 하지 않는 다음에야 찾기 힘들다.

그렇다고 특제 무선 수첩으로 득의양양할 것도 아니니 나는 아무도 가져가지 않은 몇 년쯤 전의 수첩을 쓴다. 인쇄된 날짜를 무시하고 세로쓰기하는데, 그러면 한 해에 한 권이 아니라 두 권이나 세 권씩 쓰기도 하고 한 권을 다 못 쓰기도 한다. 아직 쓸 수 있는 페이지가 남아 새로 바꿀 필요가 없으면 새해가 돼도 그대로 계속 쓰다가 슬슬 쓸 자리가 없다 싶으면 바꾼다. 수첩을 여기저기서 받는 것은 고마운 일이지만 가끔은 일기란이 없는 수첩을 사고 싶어진다.

꽤 오래전에는 수첩 대여섯 권을 동시에 썼다. 작업 예정 말고도 날씨를 기록하는 수첩, 돈이 들어오고 나가는 내용을 쓰는 수첩도 있었다. 갖고 싶은 물건을 적는 수첩도 따로 있어 책이라면 저자, 제목, 발행한 곳을 쓰고 레코드라면 번호를, 그 외에 떨어질 것 같은 물감 색깔 따위를 썼다가 사고 나서 지웠다. 1년이 지나 보니 갖고 싶다고 생각했어도 사지 않고 넘어간 것도 있었고 수첩에 없는데도 사들인 물건도 꽤 많았다. 수첩 몇 권을 동시에 쓰는 일은 결국 번거로워 오래 가지 않았다.

기억력이 못 미더워 뭐든지 수첩에 쓰는 것이겠지만, 썼다고 안심해 싹 잊어버리는 경우도 있으니 쓴 것을 잊지 않고 보는 습관도 중요하다. 나는 혹 수첩을 흘리기라도 하면 그야말로 정전이 된 것이나 매한가지로 아무것도 알 수가 없다. 다행히 수첩을 잃어버린 적은 아직 없다.

가제본

'쓰카束'라고 하면 손가락 네 개를 나란히 붙인 정도의 길이다. 후세에서는 같은 길이를 '속'이라고 부른다. 이것만으로는 가제본束見本을 뜻하는 '쓰카견본'의 의미를 확실히 이해할 수 없을지도 모르니 설명을 덧붙이자면 책 두께의 견본이다. 책에 사용할 종이나 두께 그리고 표지를 어떻게 할지 얼추 정하면 제본소에 부탁해 견본을 만든다. 이것을 저자가 보고 장정가에게 의뢰하는 순서로 일을 진행한다면 가제본은 대개 장정가에게 넘어간다. 하지만 나는 장정을 직접 이래저래 생각하는 것이 낙이기에 가제본을 곁에 남겨두는 편이다. 그렇게 모인 가제본이 책꽂이 한 단을 점령한 적이 있었다. 자, 이것을 어디에 쓴담? 크기와 두께도 다양해 내 꿈은 점점 혼란스러워졌다. 기왕이면 난잡하게 쓰거나 고민한 흔적을 역력히 남기고 싶진 않았다. 결국 성격이 이러니 어쩔 수 없이 가제본은 쌓여만 간다.

젊은 시절부터 내 책이나 부탁받은 친구 책 혹은 잡지 일로 인쇄소나 제본소 이곳저곳을 돌아다니며 장인 기질을 가진 다양한 사람들과 접했는데, 몇 년 전에 젊은 제본가를 몇 번 만났을 때였다. 문득 생각나서 64쪽짜리 문고본 크기의 흰 수첩을 만들어달라고 부탁했다. 한가한 시간에 해주면 된다고 했는데도 사흘 뒤에 들렀을 땐 벌써 주문한 수첩 쉰 권이 종이에 싸여 있고 그 위에 견본이 한 권 놓여 있었다. 매해 연말이면 여기저기서 보내주는 수첩에 관해 쓰면서 줄이고 뭐고 아무것도 없는 수첩은 찾아도 없다고 투덜댔는데 이 바람이 이루어진 순간이었다.

새 물건을 쓰기 앞서 누구나 주저하는 경향이 있겠지만 그게 유독 심한 나도 이 수첩만은 집으로 갖고 돌아온 날 밤부터 아무 망설임 없이 쓰기 시작했다. 무엇을 쓰고 그렸는지, 아직 반 넘게 남아 있다. 어떤 식으로 썼는지 선보일 작정이었는데 공개하지 않기로 결정했다. 부끄러워서는 아니고 문방구에는 때론 비밀도 필요하기 때문이다.

압정

압정 하나를 가운뎃손가락 위에 물론 침이 바깥으로 향하게 올린 뒤 팔을 크게 휘둘러서 던지면 기분 좋은 소리를 내며 판자문이나 판자벽에 박힌다. 중학교 때 친구에게 배웠는데 맨 처음 친구가 보여줬을 때는 깜짝 놀라 하늘을 봤을 정도다. 천장 판자를 향해 던져도 잘 꽂히기 때문에 말 그대로 하늘을 올려다본 셈이지만. 너도 해보라고 하기에 똑같이 던져보니 첫 투부터 성공해서 또 놀랐다. 특별한 요령이나 재주도 필요 없다.

이렇게 되면 다음에는 판자에 과녁을 그리고 겨냥해서

던지게 된다. 뿐만 아니라 등을 돌리고 손을 뒤로 해서 던져보거나 다리 사이로 던져보는 등 곡예 던지기를 한다. 밖에서 구두나 나막신을 신고 던질 때는 상관없지만 집안에서 몰래 놀 때는 압정이 꽂히지 않고 어딘가에 굴러다니다가 실수로 밟는 바람에 펄쩍 뛰는 결과도 생긴다. 평생 살면서 압정을 밟아본 경험이 한 번도 없는 사람은 드물지 않을까.

압정은 놀이 도구가 아니다. 명백히 문방구다. 압정을 생각해낸 사람은 프랑스 화가로 캔버스를 핀으로 고정하다가 이 우산 달린 침을 그림 도구상에게 설명해 만들게 했다. 아쉽게도 화가 이름은 알 수 없었다. 프랑스어로 압정은 피네즈punaise다. 이 단어를 프랑스어 사전에서 찾아보면 투구풍뎅이라는 뜻도 있다. 콕 찌르는 것보다는 편평하다는 데서 온 연상이지 싶다.

도화지를 압정으로 판자에 단단히 고정하고 그림이나 도면을 그리면 확실히 그리기 쉽고 수채물감으로 채색할 때나 야외에서 사생할 때도 쓸모가 있지만, 지금은 벽이나 기둥에 필요한 종이를 붙여 놓치지 않게 해주는 것이 큰 역할인 듯하다. 지금 내 방을 둘러봐도 압정을 꽤 쓰고 있다. 물감 섞는 법에 관한 주의사항, 이제부터 쓰려고 하는 책의 첫 페이지 구성, 톱날을 조속히 세울 것 등등을 쓴 종이가 붙어 있다.

이렇게 압정은 무척 편리하지만 아쉽게도 벽이나 기둥, 책꽂이 가장자리에 조그만 구멍을 남긴다. 나는 이 구멍을 좀처럼 무시하기 어려운 데다 싫어한다. 그래서 압정으로 문서나 메모를 붙여놓는 곳에는 반드시 구멍을 내도 상관없는 판자를 매달고 그 외 장소에는 함부로 꽂지 않으려 조심한다.

평소에 쓰지 않는 압정이 갑자기 필요해지는 건 설날 이곳저곳에 짚으로 둥글게 만든 장식을 달 때다. 못을 박아 걸면 좀 거창하기도 하고 어차피 짧은 기간이라는 생각이 들어 압정을 사용한다. 이것이 또 묘한데 못을 박는 데에 비하면 구멍이 작아서인지 대담하게 압정을 찌르고도 별로 죄책감이 없다. 나는 남의 집에 가는 일이 통 없지만 가끔 손님 대접을 한다고 슬라이드를 영사해 보여주는 사람들이 있다. 평소 슬라이드를 즐기는 집이라면 영사막도 준비돼 있겠지만, 그렇지 않으면 대개 뭐 커다란 종이가 없냐며 포스터나 커다란 지도 따위를 찾아내서는 뒤집어 벽에 붙인다. 이때 압정을 찾는다고 법석을 떨고는 손님이 보는 앞에서 집을 소중히 여기는 모습을 보이는 게 부끄러운지 의외로 대담하게 압정을 박는다.

압정 쓰기의 전문가라고 하면 좀 이상하지만 나는 때

때로 전문가다운 사람을 목격한다. 포스터 붙이는 사람이다. 목격하는 장소는 역 플랫폼 등으로 기한이 다 된 포스터를 떼어내고 새 포스터를 붙이고 다닌다. 그 익숙한 손놀림을 보고 있으면 참 재미있다. 그들은 손때 묻은 압정 뽑개를 갖고 있어 손가락으로는 빼기 어렵게 세게 꽂힌 침을 간단히 빼낸 뒤 끼고 있던 새 포스터를 펼쳐 붙이고는 마지막으로 압정 머리를 압정 뽑개의 손잡이 쪽으로 통통 박는다. 이 전문가는 단단히 붙이는 것이 일이라 포스터의 그림이나 사진은 문제가 아니다. 그러다 보니 종종 여배우의 뺨이나 코끝에 압정이 박히는 경우도 있다.

동그란 고무줄

정식 명칭은 고무 밴드지만 고무 밴드라고 하면 폭이 넓고 큰 것, 이를테면 연하장을 묶거나 화장지를 한 번에 다섯 개 정도 사면 걸어주는 것을 떠올리니 작은 쪽을 쓰려는 지금은 동그란 고무줄이라고 하겠다.

동그란 고무줄은 뭐니 뭐니 해도 편리하다. 이 편리함을 누구나 알건만 요즘에는 물건을 사도 고무줄이 아니라 셀로판테이프를 붙여주는 통에 잘 모이지 않는다. 내 서랍에는 동그란 고무줄을 넣어두는 작은 상자가 있는데 요새는 이 상자가 거의 비어 있다. 그렇다고 해서 굳이 동그란 고무줄을 사는 습관도 없다 보니 때로 난처한 경우가 생긴다. 오래된 자전거 튜브를 둥글게 자른 것이 시초라고 하니 인간의 지혜란 참 재미있다. 여기서 출발한 동그란 고무줄의 제조 공정을 막 읽은 참이다. 나는 소비하는 쪽이니 소비하는 쪽의 지혜에 관해 써야겠다. 문방구는 정당하게 쓰일 때도 있지만 곧잘 놀이 도구가 되기 쉽다. 동그란 고무줄이 편리한 이유도 응용 범위가 넓기 때문이다.

나는 와이셔츠가 웃옷 소매에서 많이 나와 있는 모습은 보기 흉하다고 생각한다. 하지만 와이셔츠를 샀다 하면 거의 반드시 소매가 길다. 내 팔이 짧은 것이려니 하고 할 수 없이 소매를 걷어 올린 뒤 팔에 동그란 고무줄을 끼워 흘러내리지 않도록 고정한다. 한번은 안경다리의 귀에 거는 부분을 부러뜨린 적이 있는데 이때 곧장 떠오른 것이 동그란 고무줄이었다. 너무 강하지 않게 조절하면 당분간은 충분히 견딜 수 있다.

요새 만년필은 구조가 다르지만 뚜껑이나 뒤쪽 나사 부분이 빽빽해 움직이지 않으면 동그란 고무줄을 감아 손이 미끄러지지 않게 하면 간단히 풀린다. 이 방법은 병뚜껑이 꽉 닫혀 있어 열기 힘들 때도 유용하다. 또 동그란 고무줄을 활용해 철사로 만든 세발자전거를 달리게 할 수도 있다. 작년에 아사쿠사 센소지 경내에서 오랜만에 이 철사 공예를 봤는데 여전히 동그란 고무줄을 쓰고 있었다. 이외에 피스톨 같은 것에도 장치돼 있다.

피스톨이라고 하니 말이지만 내 손을 피스톨 삼아 새끼손가락에 동그란 고무줄을 걸고 쭉 뻗은 집게손가락 손톱 아래에 그 고무줄을 팽팽하게 당겨 건 다음 새끼손가락을 빼서 날리기도 했다. 간이 새총이라 할 만한 것도 만들었는데 손끝에 실기만 해도 작은 물건을 날릴 수 있었다. 여자아이들은 길게 연결해 높이뛰기를 했다. 물구나무를 서서 발끝이 줄에 걸리면 이기는 놀이는 충분히 늘어나는 고무줄이 아니면 별로다. 고무줄을 놀이 도구로 삼은 예는 얼마든지 계속 떠올릴 수 있지만 원래 종이에 싼 작은 물건에 끈을 묶는 대신 생겨났으므로 본래 역할을 다시 한 번 생각해볼 필요가 있다.

헌책방에서 책을 한두 권 사면 꼭 가게 이름이 적힌 종이에 싸서 동그란 고무줄로 채워준다. 집에 가져가 열어보는 경우라면 몰라도 도중에 전차에서 빨리 읽고 싶어지면 이 고무줄을 손목에 옮겨 낄 때가 많다. 읽은 페이지와 표지를 한데 묶어 다시 채우면 책갈피 대신이 된다. 헌책을 사고 이 종이 포장을 손에 들고 걸으면서 고무줄을 손끝으로 집었다 놓으며 퉁퉁 소리를 내기도 한다. 갖고 싶던 책을 값싸게 손에 넣은 내 기쁨을 무의식적으로 표현하는 셈이다. 그게 아니더라도 인간은 손에 아무것도 들고 있지 않으면 어쩐지 불안해 진정을 못 하는 법이다. 한때 나는 웃옷 주머니에 항상 동그란 고무줄을 서너 개씩 넣고 다녔다. 어디에 쓸모가 있겠지 하는 기분 때문이었지만, 사람과 이야기하면서 주머니 속 고무줄을 만지작거리고 있으면 감정을 제어할 수 있었다. 그러니까 마인드 컨트롤에도 도움이 된다.

동그란 고무줄도 노화한다. 노화 시험에 합격한 고무줄이 상품이 될 터임에도 차츰 물러지다가 끊어진다. 편지나 서류를 모아둘 때 그 상태대로 오래 보존할 생각이라면 끈으로 다시 묶어야 한다. 잠정적인 쓰임인데 이게 또 특징이기도 해서 다시 정리할 기회를 준다.

압지

책이 나오면 출판사에 가서 새로 나온 책의 면지에 서명을 하고 기증할 사람의 이름을 써서 소포로 우송해달라고 한다. 물론 집으로 몇 권 보내달라고 해서 서명한 뒤 직접 포장해 우체국에 갖고 갈 때도 있지만 품이 드는 데다 시간이 제법 소모되는 탓에 결국 출판사에 가는 편이 빨리 끝난다. 서명을 할 때 나는 만년필을 쓴다. 한 권씩 잉크가 마르기를 기다리면 시간이 걸리므로 압지를 빌리고 싶지만 좀처럼 얻기 힘들다. "여기요" 하면서 건네주는 곳이 드물기에 서명을 하러 갈 때는 압지를 꼭 챙긴다.

출판사 편집실에 압지가 한 장도 없다는 말은 요즘에는 압지를 쓸 필요 없는 만년필 외의 필기구를 쓴다는 뜻이다. 만년필도 특별히 굵은 촉이 아니라면 금방 마르니 압지를 준비하지 않아도 되지만, 나는 평소 굵은 촉에 익숙하다. 글씨 쓰기가 편할뿐더러 원고가 인쇄소에 넘어갔을 때 인쇄 장인이 조금이라도 쉽게 읽었으면 하는 마음에 굵은 촉 만년필을 사용하기에 늘 곁에 압지를 둔다. 원고라면 한 장 쓰고 다음 한 장을 쓰기 전에 마르니 사용하지 않아도 되는 반면 엽서나 편지 봉투라면 뒤집어 다른 쪽에도 써야 하니 압지가 없으면 불편하다.

압지를 문구점에 가서 일부러 사는 경우는 몇 해에 한 번 정도. 노트 사이에 들어가 있는 것, 편지지 묶음의 표지 뒤에 붙어 있는 것, 책갈피 대신 책에 끼워둔 것들이 어딘가에서 나오니 그것들을 모아 정성껏 사용하면 거의 살 필요가 없다. 편지지 표지 뒤에는 아직 붙어 있지만 예전에 비하면 전체적으로 적어진 것은 확실하다. 전에 간다나 혼고 거리를 걸으면 옷 가게나 구두 가게, 개점을 알리는 식당의 광고지를 받았는데 이게 거의 압지였다. 평범한 색깔 종이에 인쇄한 것이라면 슬쩍 보고 바로 버리지만 압지면 요긴하기에 노트 사이에 끼워둔다. 그러다 교실에서 강의를 듣기도 지겨워지면 압지에 실린 선전문 따위를 멍하니 읽는데 이런 광고 효과도 예상했지 싶다.

압지를 별로 쓰지 않게 됐다는 것은 필기구가 변화했을 뿐 아니라 만년필도 옛날과 비교하면 잉크가 너무 많이 나오는 일이 없어졌거나 잉크 자체가 개량됐다는 증거다. 먹을 갈아 붓으로 글자를 쓰면 아무래도 마르기를 기다려야만 하는데, 알맞게 먹을 묻혀 일본 종이에 삭삭 쓰면 그렇게 시간이 걸리지는 않는다. 옛 일본인들은 이런 방법을 잘 알고 있었으리라. 외국에선 압지가 만들어지기 전에는 모래를 뿌렸다. 동서양을 막론하고 옛날 사람들에게 성급한 마음은 없었을 테지만, 그렇더라도 한쪽은 마르기를 기다렸고 다른 한쪽은 모래를 뿌려 조금이라도 신속하게 일을 처리하려고 했다. 어쩐지 동서양 사람의 성격을 보여주는 듯해 재미있다.

나는 화가인 친구가 가르쳐줘서 작업실 책상 옆에 머리카락을 말리는 드라이어를 놔두고 있다. 수채로 그림을 그릴 때 쓰면 무척 편리하고 쓰기에 따라 재미있는 번짐 효과를 낼 수도 있다. 평소에는 붓을 사용하는 일이 많지 않지만 먹으로 쓴 글자가 좀처럼 마르지 않으면 드라이어의 도움을 받는다. 하지만 그럴 때마다 이렇게 사소한 일에 조바심을 내다니 어쩔 수가 없구나 싶어 쓸쓸해진다.

존 슬레이드라는 사람이 운영하는 제지 공장에서 아교

물을 넣는 것을 잊는 바람에 품질이 나쁜 종이를 만들었는데 종이로서는 실격이라 폐기해야 했지만 글자는 못 써도 잉크를 잘 빨아들인다는 사실을 발견하고는 내다 판 것이 압지의 시작이다. 그때는 손으로 뜬 종이였지만 1858년에 슬레이드의 친척인 토머스 버치 포드가 기계로 압지를 만들었고 이것이 세계에 퍼졌다. 어떤 물건도 무심코 버릴 게 못 된다.

책받침

내가 초등학교에 들어간 것은 1922년 봄이었다. 그때 어른들이 챙겨준 학용품이 어떤 것이었는지 뚜렷한 기억은 없지만 석판과 석필은 늘 책가방 안에 들어 있었다. 거기에 글자를 몇 번씩 써서는 작은 칠판지우개나 특별히 지니고 있던 넝마 조각으로 닦아 지운 다음 간단한 덧셈을 했던 것 같다.

칸과 줄이 있는 잡기장에 연필로 글자를 쓴 기억도 있는데 그럴 땐 꼭 책받침을 쓰라는 말을 들었다. 안 그러면 힘을 주어 연필을 잡기 때문에 종이에 구멍이 나거나 다음 페이지에 자국이 남는다. 이건 확실히 슬픈 일이었다. 책받침은 처음에는 판지를 잘라 각자 만들었고 공책이 두 권 세 권 늘어나면 공책마다 받침을 넣어뒀다. 망가진 판지 상자 뚜껑 같은 것을 얻어 만든 받침이라서 인쇄된 글자나 얼굴 반쪽 같은 것이 남아 있었다.

이 기억을 확인하기 위해 여러 셀룰로이드 제품이 나타나기 시작한 해를 조사해보니 1921년 전후인 듯하다. 그러니 셀룰로이드 받침이 초등학생의 문방구에 들어가 누구나 가질 수 있던 때는 간토대지진 이후였을 테다. 판지 대신 양철을 공책 크기로 잘라 쓴 적이 있는데 어쩌면 한때 그런 제품이 시판됐는지도 모르겠다. 셀룰로이드 제품이 부쩍 나돌기 시작하던 시절은 내게도 뚜렷한 인상으로 남아 있다. 일용품만 해도 금속 비누곽이 셀룰로이드로 바뀌는 등 생활에 알게 모르게 영향을 줬다. 무엇보다 셀룰로이드 장난감이 갑자기 늘어나 새삼스레 조르기 부끄러웠지만 갖고 싶은 것들이 많았다.

이 셀룰로이드 받침은 여름에 교실이 무더워지면 오후 시간처럼 졸음이 올 때 부채 대신 부치기도 했다. 조금 빨리 부치면 펄럭펄럭 소리가 났다. 이것이 재미있어 연쇄적으로 부치기 시작하면 제법 시끄러워 당장 선생님께 혼이 났다. 요즘도 교실 안에서 종종 일어나는 일이라고 어느 초등학교 선생님에게 듣고는 슬며시 웃었다. 시대가 바뀌고 생활 내용이 바뀌어도 아이들이 무언가를 손에 들고 우선 생각해내는 것은 바뀌지 않는 모양이다. 책받침으로 소리를 내지 못하게 하면 또 다른 것을 생각해내겠지.

셀룰로이드가 불에 타기 쉽고 위험하니까 주의하라는 소리를 들으면 태워보고 싶어진다. 그럴 때는 누군가의 책받침이 실험 재료가 되니 불에 단 부젓가락 때문에 구멍이 나거나 작은 구멍을 연속해 뚫어 이름을 판 책받침도 있었다. 하지만 책받침에 구멍을 내면 쓸모가 없어져 새로 사야만 했다. 이뿐만 아니라 습자를 하는 얇은 종이 밑에 두는 것도 책받침이다. 이것은 물론 지금도 있는데 붉고 두꺼운 선으로 글자 칸을 인쇄했고 점선으로 중심을 알도록 했다.

내가 초등학교에서 습자를 배운 선생님은 책받침을 쓰지 말라고 하셨다. 한 글자 한 글자도 중요하지만 글자 배치도 중요한데 책받침을 사용하면 이것을 끝내 못 배운다는 뜻이었다. 원고지 쓰는 일을 하는 나는 원고지 칸을 채울 때면 일단 글자가 예쁘게 늘어선 듯 보인다. 하지만 줄이 없는 종이를 마주하면 아무래도 불안해진다. 이런 의미에서 습자를 할 때 쓰는 받침은 잠정적이라고 생각해야 한다. 그 외에도 마찬가지로 붓으로 글씨를 쓸 때를 위한 나사천으로 만든 받침도 있지만 나는 이제껏 써 본 적이 없다. 번질 것 같으면 신문지를 대신 썼다.

또 줄 없는 편지지를 사면 사이에 받침이 들어 있다. 이것도 써내려가는 글자의 배치가 흐트러지지 않게 하기 위함이다. 나는 편지지에 특별한 취향은 없지만 장문의 편지를 쓰는 일도 거의 없어졌기에 줄 없는 편지지를 고를 때가 많아 이 받침을 쓴다. 때에 따라 글자 크기나 줄 간격을 바꾸고 싶어 직접 줄을 그은 받침도 대여섯 종류 갖고 있다. 간단한 인사 편지의 경우 기성 받침이라면 쓸 내용이 중간에 끝나버렸을 때 그대로 비워두기 이상하니 무심코 쓸데없는 내용을 쓰는 바람에 좀 우스꽝스러운 편지가 될 수 있기에 되도록 줄 폭이 넓은 받침을 쓴다. 지금 내 책상 위에는 다소 큼직한 플라스틱 받침이 있는데 책상으로 쓰는 판자가 상처투성이인 것을 숨기기 위해서다.

문진

크기는 가로세로 10센티미터, 두께는 고작 5센티미터 정도인데 놀랄 만치 무거운 소포가 도착했다. 나는 미리 편지를 받았기에 이것이로구나 생각했지만 우편을 배달한 사람은 뭔가 싶어 고개를 갸우뚱했을 성싶다.

모리오카의 누군지 모를 사람의 의뢰를 받고 시를 한 편 보낸 적이 있다. 그 사람은 개인잡지를 하는데 거기에 내 시를 싣고 싶다고 해서였다. 나는 비교적 기분이 좋은 날이라 바로 보냈고 답례로 남부 철기* 장식품을 보낸다는 편지가 왔다. 그런 걱정은 하지 않아도 되는데 생각하면서도 어떤 게 올지 내심 기다리고 있었다. 소포를 여니 무척 재미있는 디자인으로 된 복어 모양 장식물이 나왔다. 마음에 들어 기쁜 마음으로 당장 감사의 편지를 썼다. 딱 손바닥 위에 올라가는 부피감이 손에 들면 기분이 좋았고 새삼스레 철의 무게를 안 듯한 느낌이었다. 발등에 떨어뜨리기라도 하면 큰일이겠다는 생각이 바로 들 정도였다.

책상 위에 올려놓고 보니 확실히 장식물이기는 하지만, 좁고 그냥 판자를 걸쳐 놓았을 뿐인 내 작업 책상 위에 있는 이상 바라보면서 즐거울 뿐 아니라 뭔가 역할을 해줬으면 좋겠다. 곧바로 떠오른 것이 문진이다. 동시에 나는 문진이라는 물건을 쓰지 않은 지 정말 오래됐다는 사실이 떠올랐다. 책상 위에서 하기는 해도 나는 문진이 없어도 될 만한 일을 하는 데다 가끔 필요하다고 느낄 땐 주변에 문진을 대신할 물건이 얼마든지 있다. 잉크병이니 라이터 등등. 돌돌 감기는 종이를 펼쳐 뭔가를 쓰거나 어긋나면 곤란한 투사지를 쓰는 일을 하거나 또 여름밤처럼 창문을 열어놓고 싶을 때 겹쳐둔 원고가 온 방 안에 보기 좋게 흩어지지 않도록 문진이 없으면 그 대용으로 쓸 만한 물건이 갖고 싶기는 했다. 그런 필요는 가끔 있을 뿐이지만.

*남부 철기 17세기부터 모리오카에서 발전한 철기로 무쇠주전자가 유명하다.

여기까지 쓰면서 옛날에 나한테 있던 문진을 떠올려봤는데 다양한 것들이 있었다. 만두 모양 유리 속에 온통 꽃이 박혀 있던 것이나 돌로 된 후지 산, 옛날 거울 모양을 한 것, 아무런 장식도 넣지 않은 보라색 유리. 이외에도 소중하게 다룬 문진이 있었다는 느낌이 들지만 도통 생각이 안 난다. 이 문진들은 어딘가에 다녀온 기념 선물로 받았던 것 같다. 돌로 된 후지 산은 가마쿠라 아니면 에노시마일 테고, 꽃이 들어간 유리는 어쩌면 중국 기념품일 수도 있다.

아버지 책상 위에는 금속으로 된 네모난 막대 모양 문진이 있었고, 어머니 벼루 상자 안에는 비슷하지만 은색 사각 막대 한가운데 작은 말 머리가 손잡이로 달린 문진이 있었다. 그걸 어머니는 卦算괘산이라 했다. 이 한자를 '게산'이라 읽는 사람도 있고 '게이산'이라 읽는 사람도 있었다. 어머니는 문진을 자 대신으로도 쓴 모양이었다.

소중한 문진이 겨우 생각났다. 내가 만든 문진이다. 옛날에는 초콜릿을 싼 것이든 담뱃갑 안에 들어 있는 것이든 은박지에는 납이 포함돼 있었다. 지금의 은박지와 제조법이 어떻게 다른지는 설명할 수 없지만 어쨌든 열을 가해 고온이 되면 납이 수은처럼 빛나며 녹는다. 이 녹은 납을 물에 떨어뜨려 별 모양 결정이 생기면 이걸 훈장이라고 불렀다. 이 은박지를 열심히 모아 다량의 납을 녹인 다음 기왓장에 있는 원형 문양에 흘려 넣어 문진을 만들었다. 문진을 만드는 게 목적이 아니라 이런 장난을 쳐서 만들어진 물건을 문진으로 썼던 것이겠다.

어릴 때 이런 문진을 남에게 받기도 하고 직접 만들기도 한 이유는 습자를 해야 했기 때문이다. 지금 내 책상으로 쓰는 판자 위는 치우지 않으면 습자를 하는 얇은 종이도 못 펴지만, 종이를 펼치면 바람이 불지 않아도 종이를 눌러둘 것이 필요하다. 하물며 어려서 가늠하는 법도 모른 채 붓을 든 손에 힘을 주었다가는 종이가 어떻게 될지 몰랐다. 습자는 지금도 해야만 한다고 생각하는데 먹투성이가 되는 위험한 작업이다.

나는 산에서 돌을 주워온 적이 거의 없지만 친구에게 받은 돌은 몇 개 갖고 있다. 상자에 넣어뒀는데 카라코룸, 안데스, 몽골 등 하나같이 국제적인 출신이라 주위에 흔히 있는 돌은 아니다. 내 여행의 기념은 아니라는 사실이 쓸쓸하다. 이 돌을 문진으로 쓰지 못할 것도 없지만 어쩐지 썩 내키지 않는다. 젊은 시절 동경하던 산에 끝내 올라가지 못하고 끝나리라는 것이 거의 확실해진 뒤에도 쓸쓸함은 남기 마련이다.

봉투

나는 적으나마 편지 봉투를 갖고 있다. 두루마리에 붓으로 편지를 쓰는 일도 거의 없으니 실제로 사용한다면 언제 어떤 때일까 하고 종종 봉투를 바라보며 생각한다. 붓으로 편지를 쓰는 느긋한 기분을 원하지만 나 혼자만으로는 안 된다. 편지를 받는 상대방도 그런 기분이지 않으면 시대착오처럼 여겨지거나 특별한 의미처럼 받아들여져 진의가 전해지기 어려울 때도 있다. 봉투는 편지를 넣고 우표를 붙여 우송하는 데 쓰는 것이 본래의 용도다. 그렇기에 흰 봉투가 글자도 읽기 쉽고 가장 무난하지만 너무 무난해도 재미가 없다는 이유로 색깔 봉투를 사용하게 된다. 이때 색깔에 의미가 생기니 백과사전을 꺼내본다.

봉투는 서간 주머니, 종이 주머니, 통 모양을 하여 봉할 수 있게 만들었기에 원래는 봉통封筒이라는 이름이 붙었다. 에도 시대 초기에 중국에서 전래된 것을 보고 수제로 만들었다는데, 마쓰라 세이잔*의 『갑자야화』에 봉통이라는 명칭이 나오는 것을 보면 메이와** 때 이미 쓰이고 있었다. 봉통에 편지를 넣는 것은 약식이며 정식은 종이로 포장하는 것이었다. 에도 시대 말에는 호사가들이 쓰기 시작했고 우편제도가 생기면서 종이로 싸기는 불편하니 갑자기 봉투의 편리함을 알게 됐다.

일본에서는 무슨 일이든 실용성만 고집하는 것을 경시하는 경향이 있다 보니 평범한 물건뿐 아니라 특별한 물건도 같이 만들어진다. 봉투도 이미 메이지 시대부터 그림이 들어간 것이 만들어졌다. 내 어린 시절에도 우체국 직원이 미간을 찌푸릴 만한 그림이 전면에 펼쳐져 있어 펜으로 쓴 글자는 비스듬하게 빛을 받게 해야 겨우 읽을 수 있는 봉투가 있었다. 그런 봉투에 들어 있는 편지를 받고 기

*마쓰라 세이잔松浦静山 에도 시대의 영주로 수필집 『갑자야화甲子夜話』로 유명하다.
**메이와 일본의 연호로 1764년~1771년.

빼하는 사람도 있었을 게다. 당연히 안에 들어가는 편지지에도 공들여 멋을 냈으리라.

지금은 누구나 그렇겠지만 붓으로 쓴 편지는 물론이고 봉투에 넣는 편지를 쓰는 일도 줄었을 뿐 아니라 개인적인 편지를 받는 일도 적어졌다. 매일 받는 우편물 중에서 봉투에 넣어 봉한 편지를 발견하면 정말 기쁘다. 내게는 책 소포를 제외하면 잡지나 그 외 인쇄물이 많이 온다. 이것을 되도록 요령 있게 정리하지 않으면 일이 중단돼 한두 시간은 금방 지나버리는데, 내가 쓴 글이 실린 신문과 잡지를 찾아낸 뒤 나중에 그 페이지를 오려내 정해진 서랍에 넣는다. 그러나 무엇보다도 오늘은 누군가가 내게 보낸 편지가 우편물 더미에 들어가 있진 않은지 찾아내려는 마음이 처음부터 강해 한 통도 없으면 실망한다. 만일 있으면 열 일 제치고 봉투를 뜯는다. 혹은 그때 기분에 따라 마지막 즐거움으로 천천히 읽으려고 옆에 치워둔다. 편지는 귀중한 물건이라 다 읽고 나서 내용을 이해했다고 곧장 휴지통에 던져버릴 수는 없다.

봉투를 뜯을 때도 가위나 주머니칼을 써서 정성껏 개봉해야지 손톱으로 긁어 잡아 뜯는 짓만은 못 하겠다. 이 편지를 언제까지 보존하느냐는 문방구로써의 봉투와는 너무나도 동떨어진 내용이므로 여기에는 쓰지 않겠다.

개인적인 편지에 사용하는 봉투 말고도 나는 원고를 봉해 우송하기 위한 봉투를 늘 준비해두고 있다. 원고지 40매에서 50매쯤 될 정도로 양이 많은 글을 쓸 기회는 적기에 원고 우송을 위해 미리 준비해둔 내 봉투는 그렇게 크지 않다. 받는 사람의 기분을 물어본 적은 없으니 내 마음대로 말할 수는 없지만 딱히 불만이 있을 것 같진 않다.

우편물 양이 많아짐에 따라 봉투 크기에도 제한이 생겼고 우편번호를 기입하는 붉은 네모 칸도 인쇄되기 시작했다. 이 붉은 네모 칸이 모든 봉투에 인쇄되고 나서부터 나는 봉투라는 물건을 편지를 봉해 우송하는 일 말고도 이래저래 이용하고 있음을 깨달았다. 대놓고 사람에게 돈을 건네기 좀 그러면 봉투에 넣거나 서류를 분류하는 데도 쓴다. 친한 사이에서는 축의금이나 조의금을 줄 때 종이에 싸서 야단스럽게 건네기보다는 희고 튼튼한 각봉투에 넣는 쪽이 되레 낫다. 그때 우편번호를 쓰는 붉은 네모 칸이 좀 곤란하다고 느껴져 칸이 없는 흰 봉투를 찾아봤는데 손에 넣기가 거의 불가능해 보이니 외국산이라도 찾아봐야겠다. 오늘도 또 마감일이 다가와 작업한 원고를 봉투에 넣어 우체국에 가져갔다. 속달 가격이 올랐다.

편지지

요 두세 해 나는 편지지로 고쿠요*의 계산용지를 쓰고 있다. 표지에 계산, 메모, 리포트, 낙서, 등사인쇄, 밑그림 그 외 다양한 용도로 편하게 쓰라고 적혀 있다. 편지지로 사용하는 것은 그 외에 들어가는 셈이다. 줄이 인쇄돼 있는 받침이 한 장 들어 있어 쓰기 쉽다. 나는 계산을 할 일이 거의 없다. 메모는 오래된 수첩을 사용하는 습관이 있

*고쿠요 일본의 오래된 문구회사로 1905년에 구로다 젠타로가 개업한 '구로다표지점'이 그 시초다. 대학노트나 필기구를 비롯해 침 없이 종이를 철할 수 있는 스테이플러 등 다양한 문방구를 개발해 판매하고 있다.

고 리포트를 제출해야 하는 일은 이제 받지 않으며 낙서를 하기에는 아깝다. 등사인쇄 도구도 일단은 있지만 쓸 일이 없는 데다 밑그림 그리는 습관도 없다. 그러면 첫째로 쓰는 것이 편지지다. 성격이 삐딱해 편지지라는 이름으로 팔지 않는다는 점도 마음에 든다.

하기야 내 일은 원고지가 없으면 곤란하기에 원고지가 늘 곁에 있다. 원고지를 뒤집으면 폭넓은 용도로 쓸 수 있는데 남에게 지도를 그려주거나 낙서를 할 수가 있다. 이럴 때 잘못 쓴 원고지가 쓸모 있다. 물론 원고지를 편지지로 쓸 수도 있지만 가끔은 네모 칸에서 해방되고 싶다. 네모 칸을 무시하면 되지만 아무래도 편지를 쓴다는 기분이 엷어진다. 결국 원고지는 편지지로 사용하지 않는 편이 좋은데, 이는 상대방에게 실례가 되기 때문은 아니다.

같은 이유로 나는 줄이 없는 흰 종이가 편지지로 쓰기 편하다. 대여섯 장쯤 되면 줄에 맞춰 쓰는 게 오히려 편리하지만 간단히 써야 제격인 감사 편지라면 줄은 큰 제약이다. 그 탓에 마음에도 없는 내용까지 적고 마니 달갑지 않다. 흰 종이라면 받침을 사용해 한 줄씩 건너뛴다든지 조금만 궁리하면 글자 배치도 어떻게든 된다.

지금은 거의 편지를 쓰지 않는 시대다. 바쁠 때 편지는 확실히 능률이 낮다. 전화는 답을 바로 들을 수 있어 사무

처리가 빠르니 상대방도 고마워한다. 하지만 가끔가다 설명이 부족해 혹은 상대방의 기분에 의해 간단히 끝날 줄 알았던 일이 성가셔지면 '편지로 쓸 걸' 후회할 때도 꼭 있지 않나. 사무란 참 번거로운 일이다. 볼일이 있을 경우 편지를 어떻게 쓰느냐는 다양한 의미에서 많은 것을 말해주고 또 어떤 편지지냐에 따라 받는 사람의 감정이 달라지는 법이다.

내가 지금 다들 편지를 쓰지 않게 됐다고 한 것은 이런 사무적인 편지가 아니다. 마음을 담은 차분한 편지를 쓰는 사람이 정말로 적어졌다는 말이다. 내게 이런 편지가 오지 않을 뿐 내 판단이 틀렸을 수도 있다. 문구점에서 여전히 편지지를 늘어놓은 진열대가 상당한 자리를 차지하고 개중에는 별로 실용적이지 않아 보이는 종류도 제법 있는 걸 보면 우편물이 무미건조한 무엇으로 바뀌지는 않을지도 모른다. 하지만 매일 오는 우편물 더미에서 마음이 담긴 편지를 발견하는 경우는 정말 드물다. 다들 이 정도로 여유를 잃어버렸나 생각하면서 광고 우편물을 휴지통에 던진다. 천만 엔 하는 반지를 사지 않겠냐고 인쇄된 엽서가 나한테까지 오는 시대다.

일본풍 여관 가운데 조금 고급스러운 곳에 묵으면 방 책상 서랍에 편지지와 봉투가 들어 있고, 서양식 호텔에도 상당히 멋들어진 편지지가 있다. 밤에 시간이 넉넉할 때 이 편지지로 친한 사람에게 두서없는 소식을 전하는 일은 즐겁다. 서너 장 정도는 무심코 써버린다. 나는 여행할 때는 대개 값싼 숙소에 묵기에 초청한 곳에서 호텔을 잡아주면 어쩐지 기쁘다. 책상 서랍을 열어보면 편지지가 꼭 있는데 편지를 쓰기에 아주 좋은, 사치스러운 조건이다.

작고 오래된 숙소에서는 편지를 쓰고 싶다고 하면 그곳에서 사용하던 편지지를 가져다주기도 한다. 실용적인 편지지인 것을 보면 아마 계산대에 두고 있나 보다. 그런 편지지에는 나보다 먼저 쓴 사람의 글자 흔적이 남아 있을 때가 많다. 연필심에 침을 묻혀가며 힘을 주어 썼을까. 읽을 수 있을 정도로 뚜렷이 남아 있지는 않지만 술술 써 내려간 편지는 아니다. 이건 이것대로 반갑지만 한두 장을 버리는 일이 있어도 그 위에 쓸 마음은 안 생긴다. 붓으로 쓰는 편지지에 관해서는 적지 않았지만 가끔 붓으로 쓴 편지를 받으면 습자를 해야 할 텐데 싶다.

별보배조개

기이반도의 해안을 며칠에 걸쳐 걸어온 친구가 어느 해변에서 주웠는지 8센티미터쯤 되는 별보배조개를 내게 주었다. 나도 소년 시절에 수집까지는 아니지만 줍거나 얻거나 교환을 해서 다양한 조개를 상자에 보관했다. 옳은 이름으로 알던 조개도 있었고 어른에게 물어봐도 잘 모르는 것은 내가 이름을 붙였다. 이 별보배조개도 정식 일본 이름을 알기까지는 고양이조개라고 불렀는데, 고양이조개라는 이름의 조개가 있다는 사실을 알고 당황했다. 정식 이름을 누구에게 들었는지는 잊어버렸다.

잉크를 사용해 글자를 쓰게 된 뒤로 잘못 쓴 것을 정정해야 할 때 주머니칼로 정성껏 긁어내는 법을 배웠다. 다만 그 위에 바로 글자를 쓰면 번져버려서 몹시 지저분해지니 만년필 꽁지나 뭔가 매끈한 물건을 찾아 잘 문질러야 한다. 그러면 종이 보풀이 없어지고 다시 글자를 써도 잘못 쓴 부분이 거의 눈에 띄지 않는다. 잉크용 지우개가 따로 있는 것은 알고 있지만 간단히 눈속임할 수 있다는 게 어쩐지 마음에 걸려 사용할 생각이 들지 않는다. 똑같은 눈속임이기는 해도 정성껏 지우기 위해 고생하면 죄의식이 옅어지는 느낌이 든다.

별보배조개를 책상 위에 놔두었는데 잘못 쓴 부분을 긁어낸 다음 그 조개로 정성 들여 문지르면 상태가 무척 좋았다. 이걸 깨달은 뒤로는 수정 도구의 하나로 내 문방구 친구들에 보탤까 생각했다. 물건은 쓰기에 따라 도움이 되어 기쁨을 준다. 그런데 명나라 도륭의 『고반여사』를 읽다가 중국에서는 오래전부터 종이에 윤을 낼 때 조개의 반질반질한 부분을 사용했다는 사실을 알았다. 착상이 일치한 것이 묘하게 기뻐 내 문방구 중 하나에 정식으로 별보배조개를 넣기로 했다. 중국에서는 개광貝光이나 개광록貝光祿이라는 이름을 붙였는데 나는 이 도구를 뭐라고 부르면 좋을까.

카본지

카본지의 제조 공정과 재료를 조사해봤더니 나로서는 좀 알아듣기 힘든 내용이 있었다. "탄소와 기름 또는 밀랍의 혼합물을 바른 얇은 종이. 복사 등에 쓰인다"라는 지극히 간단한 설명으로 끝내도 상관없지만 도포하는 재료만큼은 좀 더 상세한 지식을 얻고 싶었다. 그런데 카르나우바왁스니 불건성유니 염료용제로 지방산을 쓰니 분야가 달라서인지 그림이 그려지지 않는다. 또 이 얇은 종이라는 것이 어떤 종류의 종이냐 하면 마섬유가 주재료라고 돼 있지만 남에게 설명할 정도로 이해하기에는 참고서만 아무리 읽어봤자 도저히 안 되겠다. 결국 공장에 가서 자세한 설명을 들으며 무지하고 부끄러운 질문을 하고 또 할 수밖에 없다. 그렇다고 마음대로 공장에 가서 견학을 시켜 달랄 수도 없고, 허가를 받았다 한들 초등학생이 아니니 사양도 필요하다. 다시 말해 이쯤 되면 귀찮아진다.

프랑스 백과전서를 쓴 디드로나 달랑베르 같은 이들은 항목 하나를 쓰다가 아무래도 이해할 수 없는 부분을 맞닥뜨리면 철저하게 조사를 한 모양이다. 화장품에 관한 어떤 항목을 쓰려고 공장에 다니면서 직접 다양한 공정을 겪어본 뒤에 집필했는데 하루로 끝날 리 없으니 수긍이 갈 때까지 며칠씩 다녔단다. 일본 백과사전도 이렇게 만들면 신용할 수 있겠지만 단시간에 분담해 많은 항목을 나눠 쓰기에 다른 백과사전을 그대로 옮겨 쓰는 일도 생긴다. 그럴 정도라면 같은 원고를 그야말로 카본지로 다섯 부나 세 부 정도 만들어두는 편이 더 도움이 될지도.

카본지는 같은 내용을 두세 번씩 쓰는 품을 덜기 위해 고안한 물건이다. 나는 이제껏 카본지의 도움을 받은 적이 거의 없다. 백화점에서 답례품을 주문할 때 받는 사람의 주소나 이름 그리고 내 이름 따위를 적는 정도일까. 또 이따금 판화를 만드는데 다색 목판일 경우에 사용한다. 종이에 미리 그려둔 그림을 판목에 옮길 때 카본지는 아주 편리하다. 얇은 종이에 우선 그림을 그려 붙이면 어쩐지 지저분해서 잘 안 된다. 게다가 색깔이 겹치는 곳을 다른 판목에 새길 땐 이런저런 궁리를 해야만 한다. 카본지는 이때 참 편리하다. 물론 판화 전문가가 어떻게 하는지 나는 모르기에 이 방법은 비웃음을 살 수도 있겠다.

카본지에는 타이프용이나 원타임 카본지, 텔레타이프용 카본지, 카본이 필요 없는 스폿 카본시 혹은 화이트 페이퍼라 불리는 감압복사지까지 상당히 많은 종류가 있는 모양이다. 하지만 회사 사무용품으로 고안된 물품이라 내 작업이나 놀이와 직접 관련될 일은 없을 듯하다.

한번은 재미있는 경험을 했다. 미술상의 의뢰로 저명한 화가가 그림을 그리고 그 위에 내가 시를 쓰는 일이었다. 그림이 완성된 뒤 내가 글자를 넣을 장소를 비우고 보내주면 건네받아 글을 넣는 작업이었다. 아무래도 불안하고 무엇보다 절대 실수하면 안 되기에 나는 그림을 마무리할 무렵에 직접 화가를 찾아갔다. 두 장의 그림이 완성되기 직전이었다. 각기 다른 그림이라서 시도 따로 써야 했고 또 썩 공들여 그린 그림이기에 나는 그 앞에서 움츠러들고 말았다. 시의 완성도도 물론 관계있지만 어떻게 쓰든 내 글씨로는 그림을 망칠 게 분명했다. 긴장하지 말라는 말을 아무리 들은들 명백한 잘못을 구태여 저지를 순 없었다.

연필이나 붓으로 몇 번씩 초안을 써봐도 바로 그림 위에다 쓸 용기는 아무리 해도 나지 않았다.

그때 화가가 어떤 방법을 내게 일러줬다. 비교적 잘 썼다고 생각되는 글자가 있는 종이 뒷면에 파스텔을 칠한다. 상당히 듬뿍 칠한 뒤 들떠 있는 가루를 살짝 떨어뜨리기만 하고 그림 위에 살짝 올린 다음 끝을 뾰족하게 만든 대나무 꼬챙이로 글자 위를 훑는다. 그러면 내 긴장감이 사라지지는 않아도 주의를 다른 데로 돌리지 않고 정성껏만 하면 그림 위에 글자가 실린다. 이 방법으로 그림 한 장에 시를 다 썼을 때는 날이 밝아 있었다. 나는 조금 쉬고 나서 두 번째 장은 간단히 마무리했다. 나중에 전람회장에서 호평받았다는 말을 듣고 안심했다. 결국 특제 카본지를 사용한 셈이다.

아일릿펀치

태평양전쟁이라는 큰 규모의 전쟁을 겪으며 집이 불타고 입을 옷도 없는 정말 지독한 생활을 했건만 어찌 된 일인지 낡은 아일릿펀치는 남아 있어 지금도 사용한다. 전쟁이 격해지면서 살아가는 데 직접 도움이 되지 않는 물건은 값어치를 상실했고 고가의 꽃병이나 장식품은 불필요하다기보다는 방해물이 됐다. 그런 가운데 아무리 자그맣다고는 해도 어째서 아일릿펀치만이 무사했는지 짐작조차 가지 않는다. 하기야 전쟁이 아무리 격해져도 좋아하는 문방구는 내 작업 도구이기에 손에서 놓지 않았다고 한다면 누가 칭찬이라도 해줄까.

이제 도금도 벗겨지고 녹도 슬었지만 충분히 쓸모 있는 이 아일릿펀치를 적어도 50여 년은 쓰고 있다. 녹 속에 'TRADE MARK INDIAN'이라고 적혀 있는 것을 읽을 수 있을뿐더러 놀랍게도 상자까지 남아 있다. 펀치는 종종 쓰기 때문에 꺼내놓지만 다른 자질구레한 물건을 넣은 상자는 서랍 안에 있다. No.21 "Licht" EYELET MACHINE. 어디에도 일본 글자는 인쇄돼 있지 않다. 그런데 이 종이를 철하는 도구를 언제 어디서 누가 고안해 만들었는지 나는 끝내 알아내지 못했다. 손에 쥐는 방식인 이 도구에는 다른 도구로 대신할 수 없는 편리함이 있다.

아직 원고 쓰는 일을 직업으로 가지리라고 생각지도 않았을 무렵, 어느 미술 잡지 편집부에서 일하던 지인이 당시에 잘 알려진 평론가에게서 막 받아온 원고를 내게 보여준 적이 있다. 2백자 원고지로 서른 장쯤 됐는데, 내 눈에 맨 처음 들어온 것은 제목이나 글이 아니라 오른쪽 위 구석의 아일릿이었다. 물론 아일릿을 모르지는 않았다. 내가 신은 구두의 구두끈을 통과시키는 구멍에도 있었고, 정기권 케이스의 끈을 다는 부분 등 다양한 곳에서 쓰이고 있다는 사실도 잘 알고 있었다.

미술 평론가는 아일릿을 쓰는 도구를 갖고 있었음이

분명했지만 나는 아일릿펀치라는 물건을 몰랐다. 그렇게 거창한 물건이 아니라면 갖고 싶다는 생각이 갑자기 들어 다음에 그 평론가를 찾아간다면 어떤 도구인지 살펴보고 어디에서 팔며 가격은 어느 정도인지 물어보라고 부탁했다. 그사이 이제나저제나 기다린 기억이 없는 것을 보면 이 사람이 내 부탁을 즉시 들어줬던 모양이다. 나는 신이 나서 아일릿펀치를 사러 갔다. 막상 사서는 어디에 쓰면 좋을지 망설이다가 종이봉투에 아일릿을 박아 벽에 거는 편지꽂이나 전등갓을 만들었다. 방 안이 점차 아일릿 공작품의 전시장처럼 변해갔다.

뭐니 뭐니 해도 나는 아일릿으로 철하기에 적합한 서른 장쯤 되는 글을 써보고 싶었다. 이 도구 때문에 묘한 꿈이 생긴 셈이다. 아일릿 때문에 원고 쓰기를 직업으로 삼게 됐다고 하면 농담처럼 들리겠지만 거짓말도 아니다. 직업이나 발견의 동기란 그것과는 별로 관계없는 지극히 사소한 일일 경우가 뜻밖에 많은 법이다. 그저 이런 말을 해본들 세간에서는 통용되기 어려울 뿐이다.

나는 현재 원고를 쓰면 스테이플러로 철한다. 4백자 원고지로 너덧 장 되는 원고가 많기 때문이다. 이 정도 매수라면 아일릿은 되레 허풍스럽다. 하지만 매수가 많아지면 낡은 아일릿펀치를 꺼낸다. 이게 묘하게 즐겁다. 자못 정성껏 일한 것처럼 보인다. 다만 인쇄소에서는 원고를 묶지 않는 편이 활자를 집거나 짤 때 일하기 쉬운지 교정쇄에 원고가 달려오는 것을 보면 아일릿이 그대로 남아 있는 경우는 거의 없다. 때로는 떨어지지 않는 아일릿에 부아가 치밀기라도 한 양 잡아 뜯은 모양새로 돌아온다.

문구점에서 사는 아일릿은 대체로 금색이다. 전에 은색을 발견한 적이 있어 찾아봤지만 눈에 띄지 않았다. 그런데 1년쯤 전에 백화점 목공 도구 매장에서 붉은색, 갈색, 파란색, 분홍색, 검은색, 흰색 등 도료를 바른 아일릿을 섞어 주머니에 넣고 파는 것을 보고 바로 샀다. 여성 옷 어딘가에 쓰는지, 모자에라도 쓰는지…… 나는 또 이걸 무엇에 쓰면 좋을지 망설이고 있다. 가죽 세공이라도 하면 아마 딱 좋은 사용법이 있을 것 같은데, 이참에 또 아일릿 때문에 오래 계속한 일이 바뀐다면 흥미롭겠다.

스탬프대

어린 시절에 우체국 놀이를 한 적이 있다. 소형 관제엽서, 전보용지, 저금통장 그리고 지폐가 몇 종류나 있었다. 그중에서 엽서나 봉투에 붙은 우표에 소인을 찍는 스탬프와 스탬프대가 즐거웠다. 엽서나 우표는 수가 적어 재미로 소인을 찍어댔다가는 금세 떨어졌기에 다른 종이에 찍으라는 말을 들었다. 당시 스탬프대는 정말 허술했는데 잉크를 어떻게 흡수시켰는지까지는 뚜렷이 기억나지 않는다.

스탬프대를 책상 서랍에 넣어두기 시작한 것은 중학교에 들어가고 나서부터다. 처음 산 스탬프대는 흰 천에 스탬프잉크를 발라서 쓰는 방식으로 색깔은 보라색이었다. 그다음 알파벳 고무도장을 사서는 공책이나 책에 내 로마자 이름을 마구 찍어댔다. 중학교에 들어가자 그림과 동시에 용기화 수업이 시작돼 먹줄펜을 써서 도면을 그려야 했다. 나는 여기에 대단한 흥미를 느껴 조금이라도 선이 구부러지거나 두꺼운 점선과 가는 점선을 잘못 그으면 칼끝으로 살살 긁어내고 만년필 꽁지로 정성껏 문질러 번지지 않도록 한 뒤 다시 그렸다.

그런데 도면에서 선이나 컴퍼스를 이용한 선을 잘 그으면 그을수록 모서리에 써넣는 ABC라는 글자가 좀체 잘 써지지 않았다. 이때 스탬프를 사용했다. 단 스탬프로 찍기만 하기는 좀 그래서 글자 위에 제도용 검은 잉크로 따라 썼다. 가느다란 펜촉으로 정성껏 칠하면 활자 그대로 아주 예쁘게 완성할 수 있다. 반 이름과 내 이름도 같은 방식으로 적었다. 선생님이 나를 불러 어떻게 글자를 썼는지 묻기에 나는 조금 주저하다가 사실대로 이야기했다. 그런 짓을 하면 안 된다고 하실 것 같아 겁을 먹었는데 좋은 생각을 해냈다고 하셔서 안심했던 일을 똑똑히 기억한다. 그 무렵부터 지우개에 글자를 새긴 다음 스탬프잉크를 발라서 찍는 재미가 생겼다.

몇 년 전에 옛 친구에게서 5만분의 1 지도를 두 장 돌려받았다. 고등학교 때 친구다. 중학교 시절부터 산에 오르던 나는 지도를 몇 장씩 갖고 있었고 지도에는 고무도장을 찍어 소중히 간직했다. 하지만 40년 만에 지도를 돌려받는 순간 빌려주고 받지 못했다는 사실조차 깡그리 잊고 있었기에 깜짝 놀랐다. 지우개 도장이 지도에 찍혀 있었는데 하나는 보라색, 하나는 인주를 묻힌 도장이었다. 참 정겨웠다. 인주는 물론이고 보라색 스탬프잉크 색도 거의 변함이 없었다.

나는 여행을 꽤 다녔지만 기념 스탬프를 찍는 습관은 끝내 생기지 않았다. 가는 곳곳 도장이나 스탬프가 있으면 도장 모으는 공책에 반드시 찍는 탓에 도장을 모으려고 여행하는 것 같은 사람도 있다. 목적이 확실한 여행이니 옆에서 이러쿵저러쿵 참견할 일은 아니다. 신사神社의 사무소에서는 꽤 이전부터 도장을 찍는 데 돈을 받는 곳이 있다. 도장이야 그렇다 치고 고무 스탬프까지 돈을 받다니 세상 참 각박해졌구나 싶다. 도장에 대한 동양의 특수한 사고방식 때문일까.

옛날에는 스탬프대를 '고무도장 인주받침'이라는 이름으로 불렀다. 1887년께 고무도장과 함께 미국에서 들어왔을 때 고무도장에 잉크가 이미 발려 있었기 때문이다. 즉 만년스탬프대가 먼저였다. 아무리 생각해도 거꾸로 된 것 같지만 우송 도중에 잉크가 말라 못 쓰게 되거나 흘러서 지저분해지면 안 되니 나중에 잉크와 대가 따로따로가 된 모양이다. 스탬프대는 일본에서 제조하기 시작하면서부터 속속 개량돼 역으로 대량 수출됐는데, 이걸 해부해본 사람은 뜻밖에 별로 없다. 쓸 수 없으면 그냥 버리는 이유는 해체해 안을 보다가 손이 더러워질까 봐서가 아닐까. 단순한 구조처럼 보여도 넉자에 세심하게 공을 들이거나 잉크가 스며 나오는 정도를 조절하는 판을 두거나 잉크에 글리세린이나 에틸렌글리콜을 섞고 방부제를 첨가하는 등 하나하나 인간의 지혜가 섬세하게 작용하고 있음을 느낄 수 있다.

나도 전에는 시판되는 6색 스탬프대를 갖고 있었지만 지금은 주소와 이름에 쓰는 검은색과 속달이라고 적힌 고무도장을 찍는 붉은색뿐이다.

붓

친하게 지내던 인쇄소에는 '붓장이'라는 커다란 간판이 걸려 있었다. 이게 정식 이름은 아니었지만 다들 붓장이라는 희한한 이름으로 부르는 데 익숙했다. 나와 거의 동년배인 젊은 주인은 누가 부추긴 것도 아닌데 출판에 관심이 많아져 인쇄소에 '동지서림'이라는 이름을 붙인 뒤 우리 이야기를 듣고 시키바 류자부로 씨의 책을 만들기도 했다. 여기서 도이타 야스지 군의 첫 번째 책인 『배우론』도 나왔고, 나의 『목가』라는 백 부 한정 책도 출판됐다.

어째서 '붓장이'냐고 물어본 적이 있다. 전에 니가타에서 붓을 만들다 그만두고 도쿄에서 인쇄소를 차렸지만 집에 대대로 내려오는 이 간판에 애착이 있어 걸어둔다고 했다. 문헌을 보면 "니가타 현이 붓 장인 양성소를 설치했는데 일급법과 고정급법으로 임금을 조절함으로써 고용살이 기간을 거치지 않고 붓 장인을 양성하는 제도는 당시에 신선했다."(『문구 사무기기 사전』) 아마 이 인쇄소의 선조도 이러한 붓 장인 중 하나였지 싶다. 젊은 주인은 전사했고 그의 아버지도 몇 년 전에 고령으로 세상을 떠났기에 지금은 전사한 내 친구의 아들이 가업을 잇고 있을 게다.

붓에 대해서는 더 공부해야 한다고 늘 생각하지만 중국 문방구는 문헌이 너무 많아 쉽게 읽어낼 수가 없다. 벼락치기 한 지식으로는 턱도 없다. 이와 관련된 책을 몇 권 갖고 있어 흥미롭게 읽었는데, 그 정도의 지식으로는 연구자의 저서가 많은 곳에 가세해 뭐라고 의견을 말할 수도 없고 그리해서도 안 된다. 늘 그렇듯 추억담이나 이야기해야겠다.

우리 시대 때는 초등학교에 들어가면 처음에는 석판과 석필로 글자를 배우고 그림을 그렸다. 석판은 점판암이 재료로 이 돌을 얇고 평평하게 만들어 액자처럼 나무로 된 틀을 달았다. 즉 슬레이트다. 석필은 석필석이라는 납석의 일종을 붓 모양으로 가늘게 만들었다. 석필은 연필보다는 훨씬 가늘기에 떨어뜨리면 곧장 부러져버렸지만, 부러졌다고 해서 못 쓰지는 않았다. 내게는 이 학용품도 소중하고 그리운 문방구다.

습자 도구로 벼루, 붓, 종이를 갖고 다니면 가방이 점점 무거워진다. 붓을 맨 처음 잡았을 때의 기억을 되살려보면 무척 미덥지 못한 느낌이다. 우선 붓털의 풀기를 전부 빼서 사용하라고 배웠는데 힘을 얼마큼 어떻게 줘야 할지 몰라 조바심이 났다. 그렇게 해서 쓴 글자는 '한 일'이었다. 게다가 붓을 쥐는 방법도 엄격해 팔꿈치가 충분히 올라가 있지 않으면 교단에서 지켜보던 선생님한테 바로 주의를 받았다. 부자연스러운 긴장감으로 숨이 막혀 기분이 좋지 않았다.

습자 수업이 끝나면 당번이 양동이를 들고 교실을 다니며 벼루에 남은 먹물을 받아냈다. 이 교실 저 교실에서 모인 먹물은 방과 후에 누군가가 칠판에 바른다고 했다. 수업 뒷정리를 할 땐 먹물이 튀거나 붓이 굴러 옷을 더럽히는 등 이런저런 말썽이 일어나기 일쑤였다. 물이 나오는 곳에 가야 붓을 빨 수 있었는데 금지돼 있었고 붓말이에 말아 집에 가져가서 씻으라고 배웠다. 붓말이를 발이라고도 불렀다. 집에서 붓에 괴어 있는 먹물을 정성껏 부드럽게 풀면서 씻어야 했지만 그길로 잊어버리고 있다가 다음 습자 수업에야 붓말이에서 꺼냈다. 그러면 벼루 위에서 어지간히 솜씨 좋게 다루지 않았다가는 붓털이 훌렁 빠졌다. 초등학교 저학년부터 습자를 하던 시절의 사람이라면 한두 번쯤 붓털이 빠져버리는 비극을 겪었지 싶다. 새 붓이 있고 없고 관계없이 이 슬픔은 독특한 것이었다. 한 번 빠진 붓털을 다시 다는 일은 무리였다.

이런 경험 덕분에 붓글씨를 쓰는 게 어쩐지 성가시기는 해도 극도로 두렵지는 않다. 두루마리에 붓으로 편지 쓰는 일도 없어져 이제 붓을 든다고 하면 축하할 때나 영전뿐인 쓸쓸한 일상이 돼버렸다. 나는 그런 글자를 쓴 뒤 필요 없어진 종이에 왠지 모르게 글자를 써본다. 전람회 같은 곳에 가면 붓으로 서명을 하라는데, 자기 이름은 몇 번을 써도 잘 썼다고 느끼지 않나 보다. 얼마 전 결혼식 피로연에서 이름을 쓸 때도 내 앞에 있던 한 젊은 사람이 고전하는 바람에 접수대에 긴 줄이 생겨버렸다. 그다음에 내 이름을 쓰면서 그 사람 이름을 흘끗 봤다. 웃으면 안 된다고 생각했을 정도로 진지한 글씨였다.

셀로판테이프

전쟁이 끝난 뒤에 문방구로 보급된 볼펜과 매직잉크 그리고 셀로판테이프는 지금 각각 개량돼 어느 집에나 있다. 볼펜은 역사가 오래됐는데 1888년에 미국에서 고안됐고 70년에서 80년이라는 세월 동안 여러모로 개량됐다. 매직잉크라고 불리며 일본에 퍼진 속건성 잉크도 미국이 먼저다. 일본에서는 1952년 8월에 시판됐다고 알려졌다. 셀로판테이프를 고안한 사람은 리처드 드류라는 미국인이며, 전쟁 중에 일본에서도 특수한 설계도나 보수용으로 쓴 적이 있는 모양이다.

나는 1935년쯤 셀로판이 아닌 파라핀지에 풀이 발린 크기가 작고 'ㄷ'자 모양 양철로 풀리지 않도록 둥글게 감은 테이프를 샀다. 그중 하나는 쓰지 않고 갖고 있는데 책을 수리할 때 무척 편리했다. 당시 소장하던 가철제본 한 프랑스 책의 책등이 파손되기 쉬워 종종 보수했다. 이외에도 용도가 제법 다양했다. 우표 수집가가 우표를 앨범에 붙이는 데 쓸 법한 폭 1센티미터쯤 되는 것도 있었다. 이 테이프는 우표처럼 수분을 가해 붙여야 했다.

셀로판테이프는 이러한 것들을 대신하면서 용도가 더 다양해졌으니 셀로판테이프와 비닐테이프의 사용량은 엄청나지 싶다. 각양각색의 용기도 고안돼 사무 보는 사람들에게는 확실히 좋은 물건이 생겼다고 생각한다. 나는 셀로판테이프가 일반적으로 쓰이기 시작했을 무렵 신문에 의문을 표시한 글을 쓴 적이 있다. 이렇게 편리한 물건을 쓰는 데 익숙해지다 보면 반쯤 재미 삼아 사용하는 습관이 반드시 생기지 않을까 하는 의문이었다. 이를테면 물건을 종이에 쌀 때나 물건을 종이가방에 넣어 봉할 때 엄중히 포장할 수는 있어도 막상 받아 여는 사람의 마음을 생각하지 않게 된달까.

요즘에는 물건을 사면 종이로 싼 다음 두세 군데에 셀로판테이프를 붙여준다. 이것이 일반화됐지만 셀로판테이프를 사용한 포장지는 종이에 따라 다르기는 해도 두 번 다시 못 쓰게 되기 십상이다. 예쁜 포장지의 주름을 펴고 잘 보관했다가 한 번 더 물건을 쌀 때 쓸 수가 없다. 꽤나 정성을 들여 종이가 찢어지지 않도록 셀로판테이프를 떼어내도 구멍이 나거나 설사 구멍은 나지 않더라도 종이 표면이 벗겨진다. 두세 군데 붙이는 정도는 괜찮지만 가로세로 십자로 붙이면 포장지를 두 번 쓰는 일은 아예 단념한다손 치더라도 포장을 여는 것만으로도 난리가 난다.

나는 셀로판테이프를 향해 불평하는 게 아니라 반쯤 재미로 쓰는 사람들의 마음에 의문을 품는다. 지금은 포장지 같은 건 구겨서 버리는 시대니 그런 인식부터 고치지 않는 한 나와 같은 불평은 생길 수밖에 없다. 나는 물건을 소중하게 다루고 싶다. 더욱이 다른 사람 손에 들어가는 물건이라면 그 사람의 입장에서 헤아리는 일이 필요하다고 생각하기에 그만 푸념이 나온다.

셀로판은 파라핀지에 비하면 상당히 튼튼하니 책등을 수리하기에 좋을 것 같지만 뜻밖에도 그렇지 않다. 장기 보존이나 책 수리에 좋다는 EVA 테이프도 지나치게 튼튼한 나머지 시간이 지날수록 점차 당겨지거나 벗겨지기 일쑤다. 문방구가 아니더라도 용도가 다양해 편리한 물건이야말로 진짜 용도를 잊어버릴 때가 많은데 대량으로 쓰이는 셀로판테이프의 진짜 용도는 무엇일까. 나는 때때로 생각해보지만 결국 알아내지 못했다. 옷의 먼지를 떼어내는 게 설마 진짜 용도는 아닐 텐데 말이다.

호치키스

종이를 철하는 도구로 전에 아일릿펀치를 썼다. 그때 매수가 많은 원고라면 아일릿펀치를 사용하고 매수가 적은 원고라면 스테이플러를 사용한다고 적었다. 스테이플은 U자형 못이고 스테이플러는 이 못을 박는 도구다. 제본할 때 책을 묶는 기계를 스테이플링 머신이라고 하는데 그 소형 버전이라고 생각하면 될 것 같다. 소형이라고는 하지만 몇 가지 종류가 있다. 큰 것은 종이에 따라 다르기는 해도 다소 얇은 종이라면 백 장은 묶을 수 있고, 손끝으로 집는 작은 것은 일반 원고지로 열두세 장이 아닐까.

문구점에 물어보니 스테이플러라고 하는 사람은 적고 호치키스라고 하는 사람이 훨씬 많단다. 작은 문구점에서는 스테이플러라고 하면 점원이 "아, 호치키스요"라고 되묻는다. 나도 이제껏 몰랐는데 호치키스는 '호치키스 Hotchkiss'라는 이름의 미국인으로 기관총을 발명한 사람이다. "가스압을 이용한 공랭식 총"이라고 사전에 나와 있다. 이 사람이 종이를 철하는 도구도 발명했다고 전해진다. 벤저민 버클리 호치키스는 확실히 병기 개발에 열심이었고 병기를 제조했다. 어쩨 흉흉한 인물처럼 느껴지지만 종이를 철하는 도구를 고안해줬다니 조금쯤은 용서가 된다. 기관총 구조는 잘 모르지만 스테이플이 하나하나 밀려 나가는 모습이 기관총과 비슷하지 않을까.

1939년 봄에 대학을 졸업한 나는 취직하지 않고 혹은 취직하지 못한 채 빈둥빈둥 지내다가 그해 가을부터 연구실에 다니기 시작했다. 문학부 교무 보좌라고 하는, 직함으로서는 가장 쓸쓸한 이름일 뿐만 아니라 무급이었다. 그런데도 무단으로 쉬면 물론이거니와 지각을 하거나 조금 일찍 퇴근하면 엄한 꾸중을 들었다. 수지타산이 맞지 않는 일을 한 셈이다.

연구실 내 책상 위에는 녹슨 호치키스가 놓여 있었다. 꽤 튼튼하고 큰 호치키스로 연구실 비품이었다. 백 장은 무리일지 몰라도 상당한 매수를 철할 수 있어 시간이 남아돌던 나는 곧잘 호치키스로 장난을 쳤다. 공사 구분을 신경 쓰는 편이었지만 공적 장난이라면 이걸 써도 지장이 없다고 생각했다. 스트레스 해소를 위해 그냥 종이를 네 겹이나 여덟 겹으로 접어 철컥철컥 찍어본다든지, 뭐 대단한 장난을 친 것도 아니다.

나는 서류를 많이 다루는 일은 하지 않는다. 서류가 와도 훑어본 다음에는 휴지통에 넣거나 겨울에 난로 땔감으로 쓴다. 그래도 전혀 상관없다. 따라서 종이를 철한다고 해봤자 평소에는 원고뿐이다. 지금 사용하는 호치키스는 제법 오래전에 자기 집에서 문구점을 한다는 사람한테 받았는데 무척 기뻤다. 그 뒤로 스테이플은 몇 번이나 샀지만 기계는 고장 나지 않았다. 문구 제조업이나 문구점이 잘도 살아남는구나 싶을 정도로 튼튼하다. 이 호치키스를 받기 전에는 클립을 쓰거나 서너 장이면 풀로 붙였다. 원고는 굳이 철하지 않아도 되기에 귀찮을 땐 그냥 봉투에 넣어 보내거나 가지러 오는 사람에게 바로 건넸다.

어느 노인의 원고를 읽은 적이 있다. 겸허한 분이라 옛날 사람이 쓴 글은 젊은 사람에게 잘 안 통할 수 있으니 한 번 읽어보라고 해서였다. 이제 내용은 기억나지 않지만 열 장쯤 되는 원고를 빔지로 묶었던 것만은 잊지 못한다.

일본 종이로 빔지를 만들고 송곳으로 구멍을 뚫어 참 깔끔하게 묶여 있었다. 나도 어릴 적에 나이 든 어른에게 빔지 만드는 법을 배웠는데 지금은 할 수 있을지 어떨지.

앨범

신변을 이것저것 정리할 때 상자에 쌓인 사진은 어떻게 정리하면 좋을까. 보통 사람이라면 누구나 비슷한 경험을 했으리라. 보통 사람이 아닌 사람 즉 사진가나 특별히 사진 촬영은 하지 않지만 사진과 관계 깊은 일을 하는 사람은 정리하는 방식도 자연히 다르지 싶다. 지금 사진기가 없는 일본 가정은 드물다. 설사 사진기가 없더라도 기념사진이나 다른 집에서 아기가 이렇게 컸다고 편지에 넣어 보내는 사진을 받다 보면 사진이 쌓이기 마련이다.

사진은 종이 한 장이기 때문에 까딱하면 책 사이로 들

어가서 잃어버리기 쉽다. 나도 중요한 사진 석 장이 보이지 않아 3년쯤 마음에 걸렸는데 이제 찾을 길이 없다. 우연히 어디서 나오기를 기다릴 수밖에 없다며 포기하고는 있어도 어쩔 수 없이 마음에 걸린다. 사진을 정리하는 물건은 앨범이다. 이건 상식이지만 스크랩북을 사용하거나 적합한 상자가 있으면 붙이지 않고 정리해도 상관없다.

한 시대 전만 해도 앨범 하면 암만 봐도 대부분 야단스러운 것들이라 어디에 두더라도 부피가 커서 낭패였다. 나는 화재로 두 번 집을 잃어 갖고 있지 않지만, 이게 우리 할아버지 할머니가 결혼할 때 찍은 사진이니 하면서 사람들이 보여주는 것은 대개 두툼한 대지로 된 앨범에 붙어 있다. 이건 이것대로 옛날 일이라 둔다쳐도 요즘도 번쩍번쩍하거나 가죽 표지로 된 앨범을 선물로 왕왕 주는 탓에 처리에 애를 먹는다. 게다가 나는 전에 이런 앨범 표지에 들어갈 문구를 쓴 적이 있어 가끔 그 말이 적힌 앨범을 목격할 때마다 다른 사람에게 피해를 주는 기분이 든다.

초등학생 때 누가 외국에 다녀온 기념으로 일종의 핀홀카메라를 줬다. 핀홀카메라로 곧잘 사진을 찍었고 조건이 좋으면 잘 찍혔다. 다소 노출이나 구도가 별로여도 사진 속에 불에 타거나 헐려 없어진 집이 보이면 귀중하게 느껴졌다. 그런 사진들도 전부 집과 함께 불에 타버렸다.

떠올려보면 이 사진들 역시 투박하고 야단스러운 앨범에 붙어 있었다. 사진을 붙일 때 전용으로 쓰는 흰 풀이 있었는데, 이름이 뭐였는지는 잊었다. 대지는 대부분 검은색이거나 짙은 회색이었기에 사진 옆에 메모를 쓰려 해도 연필이나 보통 잉크 말고 마치 포스트칼라 같은 흰 잉크를 사용해야 했다. 부지런히 쓰지 않으면 금방 말라서 쓸 수가 없었다. 졸렬한 글사와 함께 사진 설명문이 지금도 남아 있다면 분명 재미있었을 게다.

요사이 앨범이 바뀌어 정리하기 쉬워졌다. 오히려 잘 찍지도 못한 사진을 넣어두기에 부끄러울 만큼 세련된 앨범이 많아 고민이다. 때때로 친한 사진가가 자신의 걸작을 세련된 앨범에 정리해 보여주는데 앨범이 그대로 사진집이 된 셈이라 참 멋지다. 부러워해봤자 아무 소용 없다. 손에 익은 사진기도 좋은 물건이고 암실 작업도 숙련됐다는 점을 생각하면 도저히 흉내 낼 마음이 들지는 않지만 평생에 한 권쯤 이런 앨범을 만들어 남기고 싶긴 하다.

내 방구석에 있는 선반 위에는 사용하지 않는 앨범이 가득하다. 예전에 성인식 같은 데서 곧잘 축사를 할 때 성인식에 출석한 사람들이 받는 앨범을 나도 받다 보니 앨범이 모였다. 받은 앨범 옆에는 받은 사진들도 쌓이는데 정리할 마음이 들지 않다니 희한한 노릇이다.

벼루

중국 문방구를 즉석에서 판매하는 전시회가 종종 열린다. 싼 것 비싼 것 다양하게 출품되는 만큼 서도를 좋아하는 사람은 직접 가서 이런저런 물건을 사는 모양이다. 전에도 쓴 기억이 있는데 중국 문방구는 갖춰야 할 소양이 전혀 다르므로 되도록 다루지 않으려고 했다. 하지만 붓으로 글씨를 쓸 채비가 전혀 없는 집은 드물 것 같으니 벼루를 빠뜨릴 수도 없다.

일상생활에서 벼루를 사용하는 일은 거의 없어졌다. 그래도 축하할 일이나 불행이 생기면 벼루 상자를 꺼낸다.

평소 쓰지 않기에 확실히 귀찮기는 하지만 뭐든지 간단히 할 수 있는 편리한 세상에서 일부러 수고를 들이는 일이 하나나 둘쯤 있어도 좋지 않을까. 수고를 들여봤자 벼루에 물을 넣고 먹을 가는 단순한 일이니 말이다.

나는 현재 지름이 8센티미터인 원형 벼루를 쓰고 있다. 벼루는 이것밖에 없는데 아버지가 책상 위에 두고 썼던 물건이다. 좋은 벼루인지 아닌지 모르지만 아버지는 사치스러운 물건을 소유하는 일이 없었으니 내가 평소에 써도 상관없는 수준이지 싶다. 벼루를 잘 아는 사람에게 보여줬다가 부끄러운 일이 생기면 곤란하니 여전히 가치에 대해서는 모르는 상태다. 아버지가 오랫동안 썼고 내 물건이 된 뒤로도 50여 년은 흘렀기에 점차 애착이 쌓여 소중히 여기고 있다.

초등학교 습자 수업에는 우선 벼루를 꺼내고 당번이 돌아다니며 물을 부으면 먹을 갈기 시작한다. 먹 갈기의 자세나 세세한 작법을 배웠는데 하나하나 떠올려보면 이제 와 이해하는 것들이 여럿 있다. 가령 먹이 둥글게 닳지 않도록 주의하라고 했던 건 자세와 관계가 있다. 나는 습자에서 가장 중요한 것이 먹을 갈며 마음을 진정하는 일이라고 생각한다. 습자만 그런 건 아니지만 마음을 진정하는 일이 결국 제일 중요하니 붓글씨에 익숙한 사람이 아니라면 준비 없이 붓을 들고 제대로 쓸 수 있을 리 없다. 먹물을 쓰지 말라던 선생님은 이 사실을 잘 알았나 보다.

습자 수업이 끝나면 그날 당번이 양동이를 들고 책상 사이로 돌아다닌다. 그러면 벼루에 남은 먹물을 양동이에 버린다. 각 교실에서 나온 먹물을 한군데 모은 뒤 방과 후에 사환이 칠판에 바른다. 다음 날 칠판은 새까매져서 선생님이 쓰는 분필 글자가 선명히 보인다. 물론 남은 먹물을 칠판에 매일 바르지는 않았고 그 작업에 학생들은 참여할 수 없었다. 학생들에게 시켰다가는 먹투성이가 되어 야단법석이었을 테니까.

꽤 지난 일이기는 하지만 벼루라 하니 생각났다. 아주 고급스러운 벼루를 하룻밤만 빌려주겠다며 친구가 가져온 적이 있었다. 내가 마음에 들어 하면 팔겠다는 속셈은 아니었고 친구도 다른 사람에게 빌린 모양이었다. 돌의 종류나 그 돌이 어디 산인지 설명을 들었겠지만 전혀 기억에 없다. 그저 손가락으로 살짝 만져보니 뭐라 말할 수 없이 매끈해 벼루로 사용할 마음이 조금도 생기지 않았다. 다만 이런 벼루를 책상 위에 두고 때때로 손끝으로 어루만지면 기분이 언짢을 때 간단히 위안이 될 듯해 돌려주기가 아쉬웠을 뿐이다.

서도의 전문가가 쓴 책이나 중국 문방구 연구서를 보

면 이렇게까지 깊이 들어가나 싶다가도 훌륭한 도구를 만나면 '뭐든지 쓸 수만 있으면 그만'이라는 마음이 사라진다. 이건 단순한 사치가 아니라 예술에 대한 격렬한 집착이다.

인주

우리 집은 현관에 도장과 인주를 둔다. 등기우편이나 백화점에서 주문한 물건이 왔을 때 되도록 배달하는 사람을 기다리지 않게 하기 위해서다. 도장은 오래된 막도장으로 내가 중학교에 들어갔을 때 새겼다. 그게 없어지지 않고 남아 있는 게 신기하지만 쓸 일이 별로 없는 우리 같은 사람에게 막도장은 평생 하나면 충분하다. 반면 인주는 그럴 수 없다. 현관에 놓인 인주는 겉에 천을 씌우긴 했어도 속은 스펀지로 돼 있는 스펀지 인주라는 특수 인주다. 스펀지 인주가 탄생한 것은 물론 전쟁이 끝난 뒤 합성수지로 만든 스펀지가 나오고부터일 터. 다만 옛날에도 막도장용으로 험하게 사용하는 경우에는 얇은 천을 인주 표면에 덮어 두긴 했다. 그러면 도장 글씨에 인주가 끼는 일도 비교적 적고 인주도 거칠어지지 않는다.

스탬프 패드와 비슷한 인주가 아니라 원래의 인주를 만드는 법을 어느 전각가에게 들은 적이 있다. 중국 사람들은 좋은 인주를 만들기 위해 우리로서는 상상도 할 수 없을 만큼 수고를 들인다. 그 제조법을 오래된 노트에 기록해뒀을 텐데, 지금 당장 찾지는 못하겠다. 특히 건륭제 때는 취향이 좋은지 나쁜지는 놔두더라도 들입다 금가루를 섞어 인주를 만들었던 모양이다.

중국에서 불교와 함께 건너온 인주를 일본에서는 어느 정도로 공들여 만들었는지 자세히 조사한 적은 없지만 귀중한 물건이었음은 확실하다. 인주를 쓸 수 있는 사람은 지위가 꽤 높은 사람이었고 보통은 검은색 도장밥을 썼다. 나도 검은색 도장밥을 사서 장서표를 만들거나 검은색과 붉은색의 아름다움에 끌려 판화를 찍은 적이 있다. 보통 사람이 인주를 쓰기 시작한 것은 메이지 초기에 인감 법령이 나오고 난 뒤다. 내력을 따라가보면 1894년에 내각 인쇄국의 다케시타라는 기사가 저렴한 인주를 처음 고안했다. 귀한 인주의 시대에서 인쇄국 법령 인주의 시대가 되더니 메이지 말쯤 되면서부터는 인주 전문 제조업자도 많아졌다.

인주의 종류는 고급스러운 낙관용부터 공용, 증권용, 사무용, 상용 등 다양하다. 특별히 급이 높거나 중국의 옛 시대 때 만든 인주는 말도 안 될 정도로 비싸다. 나는 때때로 전각을 흉내 낼 때가 있는데, 좋은 인주는 확실히 좋다는 막연한 차이밖에 몰라서 값비싼 인주를 반드시 갖고 싶다고 생각한 적은 없다. 『비홍당인보』*에 쓰인 인주 색깔은 과연 좋구나 느끼지만 설사 고급 인주가 수중에 있다 해도 쓸 기회는 없을 것 같다.

요즘은 거의 폐지됐지만 책을 내면 판권장에 붙이는 검인지에 검인을 찍는다. 이 습관은 출판사에 대한 불신, 즉 저자가 모르는 사이 비밀리에 책을 다량 인쇄하고는 인세를 주지 않을 수 있다는 불신을 없앤다는 점 외에도 저자와 독자가 도장을 통해 서로 다가갈 수 있다는 점에서 남겨두고 싶다. 물론 발행부수가 많으면 도장 찍기도 제법 고생스럽기에 대충대충 찍기도 한다. 그럴 정도라면 폐지하는 쪽이 속 시원하겠지만 날인을 금지한 것은 아니므로 부수가 적고 마음을 담은 책이면 검인이 있는 편이 좋겠

*『비홍당인보飛鴻堂印譜』 청대에 왕계숙이 고인이나 명가들이 새긴 인장을 모은 책.

다고 생각한다.

나는 밖에서 도장을 찍는 일이 아주 드물지만 막도장은 늘 갖고 다닌다. 도장을 요구할 정도라면 인주는 당연히 준비했을 테니 인주는 휴대하지 않는다. 그런데 가끔 도장은 있는데 인주가 없어서 곤란할 때가 있다. 이때 도장을 찍어달라는 사람이 젊은 아가씨라면 핸드백에 든 립스틱이 아쉬운 대로 쓸 만하다. 카본지를 쓰듯 립스틱을 얇은 종이에 칠해 인주를 대신한 적이 있다.

일곱 가지 도구

일본에서 일곱 가지 도구란 갑주, 검, 장검, 화살, 활, 갑옷 뒤에 씌우는 천, 투구를 말한다. 혹은 여인이 단정한 차림새를 위해 갖고 다니는 가위, 주머니칼, 바늘, 귀이개, 족집게, 실패, 손톱깎이를 가리킨다. 나는 출장 가서 글을 쓴 적이 거의 없지만 직업상 출장지에서 글을 쓰지 않으면 일이 안 되는 사람도 있다. 지인 가운데 한 명은 새롭고 편리해 보이는 물건을 구입하면 흡족하다는 듯 보여주러 찾아온다. 아이들은 원하는 물건을 누가 사주거나 또래 사이에서 보물로 통용될 만한 물건을 손에 넣으면 다른 이에게 자랑스레 내보이는데, 그는 나와 나이도 그렇게 차이가 나지 않건만 조용히 혼자 즐기지 못하는 모양이다.

요즘 그는 조촐하게 자기가 만든 가죽 주머니에 딱 들어갈 만한 일곱 가지 도구를 모으는 데 공을 들이고 있다. 물론 일곱 가지 도구라고는 해도 종류가 일곱 개라는 의미는 아니다. 그의 직업은 여기저기 여행 다니며 취재하고 그 내용을 현지에서 글로 쓰는 것인데, 그럴 때 쓸모가 있는 편리하면서도 자리를 차지하지 않는 도구를 뜻한다. 그 도구들은 하나같이 크기가 아주 작은 편이라서 성능이 좋은 사진기와 녹음기, 필기구 따위가 주머니에 깔끔하게 들어가 있다. 원래부터 일곱 가지 도구 가운데 하나면서 또 그의 일곱 가지 도구에 포함되는 가위도 보였다. 설명을 들으면서 물끄러미 쳐다보고 있자니 어쩐지 이 도구 한 벌이 갖고 싶어졌다.

가령 한 달이나 두 달 동안 내 집 책상 앞을 떠나 일을 해야 할 때 문방구를 일곱 종류만 가져갈 수 있다면 무엇을 갖고 가야 할까. 종이와 연필 한 자루가 있으면 일을 할 수 있다는 사람도 있지만 나는 그렇게는 안 된다. 이어수선한 문방구들을 놔두고 간다면 아무것도 하지 못할 것 같다. 문방구는 전부 다 물건이다. 물건이기는 하지만 깊이 사귀면 그저 물건일 뿐이라고 말하기 어렵다.

종이칼

내가 색종이를 오려 붙이며 노는 모습을 본 사람이 유럽에 다녀오면서 선물로 졸링겐 가위를 사 왔다. 분할 정도로 정말 쓰기가 편하고 끄트머리가 뭐라 말할 수 없이 깔끔하게 잘린다. 가위가 든 가죽 상자에는 종이칼도 끼워져 있었다. 가위와 짝을 이루고 있어 디자인이 같았다. 하지만 이 종이칼은 현재 거의 쓰지 않는다. 종이칼을 사용할 기회가 없어서가 아니라 손에 익은 물건이 수중에 있다 보니 굳이 새 제품으로 바꾸지 않았다.

생각해보면 나는 종이 자르는 작업을 비교적 많이 하

는 것 같다. 프랑스 책들도 요즘에는 제법 바뀌었지만 여전히 가철제본 형태로 만든 책이 많은 탓에 책 윗면과 옆면에 주머니가 생긴다. 때론 다른 부분에도 주머니가 생긴다. 이것을 종이칼로 잘라 열어가며 읽는다. 취향에 맞는 장정을 한 뒤 마무리 도련을 하는 셈인데, 읽을 수만 있으면 되고 특별히 훌륭한 책으로 만들어 장식하는 취미도 없기에 그대로 두고 있다. 내신 그 부분이 그대로 있으면 읽지 않았다는 사실을 한눈에 알 수 있다. 잘려져 있으면 읽었다는 증거인가 하면 꼭 그런 것만도 아니다. 일본에서 한때 가철제본이 유행하는 통에 종이칼을 써서 책을 읽는 느낌을 즐기던 사람들이 많았다.

도화지를 두 장이나 네 장으로 자를 때가 있다. 도화지뿐만 아니라 어쨌든 종이를 접어 잘라보면 종이칼의 효력이 한껏 드러난다. 누구나 경험하는 일일 테니 일부러 설명할 것도 없지만 잘 잘리는 주머니칼은 오히려 쓰기 나쁘다. 즉 접은 부분에서 벗어나 안쪽을 잘라 들어간다. 그렇다고 자 같은 것을 사용하면 지저분해지니 결국 적당한 물건은 종이칼이다. 유화용 물감칼을 대용으로 써봤는데 종이칼이 아닌 물건으로는 가장 쓰기가 편했다.

내 책상 위에 종이칼이 꽤 쌓였던 적이 있다. 전쟁 전이니까 50여 년쯤 전이다. 딱히 수집해서는 아니고 기념품으로 받거나 어딘가에서 줍거나 주걱을 깎아 만들거나 해서 열 몇 종류가 모였다. 그중에는 중세의 기사가 갖고 있을 법한 검을 본뜬 것도 있었고 자바 섬에서 샀다는 손이 긴 인형이 달린 반투명한 것도 있었다. 석양이 들어오는 방에서 흰 종이에 비추면 그림자가 참으로 아름다워서 마냥 쳐다보고 있느라 시간을 제법 낭비했다. 또 내가 일하던 대학에서 창립 몇 주년 때인가 종이칼을 나눠줘 하나 받았는데 어쩐지 쓰기가 불편해 잡동사니를 두는 상자에 넣어버렸기에 몇 주년이었는지 지금은 좀 가물가물하다.

종이칼은 순간 마음을 잘못 먹으면 흉기가 될 수 있다. 끄트머리를 날카롭고 뾰족하게 만들 필요는 없지만 뾰족하면 확실히 모양은 좋다. 한번은 단검을 본뜬 종이칼을 실수로 떨어뜨렸는데 마룻장에 꽂히기에 갖고 있으면 어쩐지 나쁜 일이 생길 것 같아 아깝기는 하지만 처분해버렸다. 두세 조각으로 분지른 뒤 유난 떠는 것 같지만 홋카이도에 여행 가서 배로 어느 호수를 건널 때 호수 바닥에 가라앉혔다. 다음 날 열차를 갈아탈 시간이 넉넉하게 남아 역을 나와 카페에 들어갔다. 의자에 앉아 문득 옆을 보니 똑같은 종이칼이 벽에 걸려 있어 가슴이 철렁했다.

라벨기

다이모 라벨기가 시장에 나온 것은 1959년이라고 한다. 나는 이보다 조금 전에 어느 연구소에서 일하던 친구가 자기 이름을 찍은 빨간 테이프를 검은 가방에 붙이고 있는 모습을 보고 참 멋들어진 물건도 다 있다고 생각했다. 그는 다음에 놀러 올 때 내 이름을 찍어 갖고 오겠다고 약속했고 반달쯤 지난 뒤에 받았다. 빨간색을 비롯한 너덧 종류의 색깔 테이프에 이름만이 아니라 다양한 글자를 찍어 왔다. 유독 R과 L을 많이 만들었는데 그 무렵 내가 스테레오를 조립하던 것을 본 그가 코드 좌우를 헷갈리지 말라고 아니 알아보기 쉬우라고 만들어준 듯했다. 일본의 문구점에 나돌기 조금 전이라 이름을 어디에 붙여 득의양양해할까 하고 내가 망설이는 사이에 라벨기가 시중에 나오고 말았다. 나는 대체로 이런 인간인가 보다 하면서 아쉬워했다.

광택이 나는 예쁜 색깔 테이프에 하얗게 글자를 돋을새김하는 것을 누가 생각해냈을까. 실수로 접어버리면 하얀 선이 생기는 데서 착안했다는 설명을 들은 기억이 있는데 실수로 접은 사람은 누구일까. 지금 확실히 해두지 않으면 막상 알아내고 싶을 때 조사조차 할 수 없게 될 터. 압지의 경우와 마찬가지로 정말 영광의 실패였을까.

맨 처음 시판된 이 기계는 상당히 고가였던 것 같다. 내가 직접 회사라도 경영하고 있었다면 회사의 물품으로 산 뒤 하룻밤 집에 가져가 필요한 물건에 붙이기 위해 바지런히 글자를 찍었을 게다. 테이프만 있다면 라벨기가 있는 출판사에 갖고 가서 찍어달라고 해도 되지만, 고가라고는 해도 개인이 사지 못할 가격은 아니고 잘 아는 곳이라도 부탁하기가 좀 그랬다. 그래서 생각한 끝에 나도 곧잘 들리곤 하던 어느 작은 회사가 사옥을 바꾸었을 때 감사하고 축하하는 마음으로 라벨기를 선물했다. 전부 얼굴을 알고 지내던 몇 명의 사원 모두 기뻐했다. 그 무렵에는 라벨기의 종류도 많아져서 그렇게까지 고가라고는 할 수 없는 것도 가게에 진열돼 있었다.

얼마쯤 지나 그 회사에 가봤더니 우선 슬리퍼에 회사 이름이 들어가 있고 정리 선반은 물론 온갖 곳에 붙어 있었다. 선물한 사람으로서 만족스러웠다. 사원 한 사람이 굳이 내 앞에 서서 웃옷 앞섶을 열더니 어떠냐고 물었다. 그는 벨드에 주소와 전화번호를 넣은 이름표를 붙이고 있었다. 벨트를 잃어버렸을 때를 대비해서라고 생각하면 우스꽝스러울 수도 있지만 지금은 언제 어느 때 큰 사고를 당해 죽을지 모르니 그때 신원불명의 시체가 되기는 싫어서라고 설명했다. 불길한 일을 늘 미리 생각하는 편이 좋은 세상이니까.

나는 이제 라벨기를 갖고 있다. 들입다 붙여대면 볼썽사납다는 것을 잘 아는 만큼 멋들어지게 쓰고 싶다. 하지만 사람들의 생각은 대체로 비슷하니 멋지고 색다른, 감탄할 만한 사용법은 좀처럼 찾기 어렵다. 기껏해야 자기 물건에 라틴어 격언이라도 찍어 붙이는 정도랄까. 라벨기 테이프만 쓰는 방법도 있다. 어지간한 색은 다 있기에 테이프를 대충 정사각형으로 잘라 조각조각 짜맞추는데 검은 바탕에 선명한 색깔을 붙이면 참 예쁘다. 테이프 견본을 넣은 주머니를 나눠주는 가게를 보고 떠오른 장난이다.

이 모자이크 그림을 매트보드와 함께 액자에 넣으면 제법 보기 좋다. 단 이 방법은 라벨기가 없어도 할 수 있으니 라벨기의 이용법은 아니리라.

스크랩북

스모 시즌이면 텔레비전 방송 일정에 내 휴식 시간을 맞추고 시합을 멍하니 보는 습관이 있다. 딱히 응원하는 선수가 있는 건 아닌데, 계속 보고 있지 않으면 그사이에 무슨 일이 일어날지 몰라서 진정이 안 된다. 초등학교 때는 텔레비전이나 라디오가 없는 시대였기에 스모의 승패는 다음 날 신문을 보기 전에는 몰랐다. 휴일에는 아침부터 료고쿠*에 갔고 때로는 학교에서 오는 길에 곧바로 전

*료고쿠 스모 시합이 열리는 국기관이 위치해 있다.

차를 타고 달려갔다. 쓰네노하나가 일인자였을 무렵으로 데와가타케, 오노사토, 덴류, 다마니시키, 후쿠야나기 같은 선수들이 있었다.

왜 여기서 스모를 떠올리고 있냐면 매일 스모 기사를 신문에서 오려 스크랩북에 붙였기 때문이다. 즉 내가 스크랩북을 처음 사용한 건 스모 기사를 정리할 때였다. 처음에는 잡기장에 붙였다가 누군가 스크랩북이라는 물건이 있다고 가르쳐줘 쓰기 시작했던 것 같다. 매일 경기 성적표와 사진 따위를 오려내 스크랩북에 전부 보존했다. 70년 가까이 된 일이지만 어떤 사진이 있었는지 꽤 또렷이 기억하고 있다. 지금까지 남아 있다면 꽤 가치 있는 자료가 됐을까.

한번은 다치히카리라는 선수가 덩치 큰 데와가타케의 '샅바 잡아당겨 턱으로 누르기' 기술에 당해 모래판 한복판에서 움직이지 못하게 돼 들것에 실려 가는 모습을 현장에서 봤는데, 그때 사진도 스크랩북에 붙여두었다. 딱히 스모 평론가가 될 생각은 아니었음에도 이렇게 정리를 해둔 덕에 다른 일보다 선명하게 기억할 수 있는지도 모른다. 즉 스크랩북의 효용을 인정한다는 말이다.

반면 정리하는 것을 좋아하기는 해도 스크랩북을 아직도 능숙하게 활용하지는 못한다. 나는 미쿠니 이치로 씨에게 『가위와 풀』을 받았다. 1970년 3월에 나온 책으로 문방구 문헌으로서는 물론이거니와 누구나 할 수 있는 스크랩이라는 작업을 이 정도로 세세하게 쓴 것만으로도 명저라고 생각한다. 이 책 맨 처음에도 나오는데 스크랩 방법은 십인십색이다. 나는 다행인지 불행인지 아무래도 서툴다고 생각하기에 거의 백지상태에서 미쿠니 씨의 이야기를 감복하며 읽었다. 아울러 내가 왜 스크랩을 잘 못 하는지도 확실히 알게 됐다.

『문구 사무기기 사전』에는 스크랩북이 정리용 사무용품 중 하나로 간단히 몇 줄 나와 있다. "신문, 잡지의 참고기사, 사진, 광고 등을 발췌해 붙이거나 카탈로그, 팸플릿, 그 외 각종 인쇄물을 수집하고 보존하는 데 오래전부터 활용되고 있다. 스크랩북의 이용 범위는 매우 넓다. 사무용으로는 물론 일반 가정에서도 교양이나 취미로 스크랩을 하는 데 사용된다. 특수한 것으로 A3판의 대형 스크랩북도 있어 신문 반 페이지 크기를 그대로 붙일 수 있다."

요즘에는 폴리에틸렌 봉투를 철한 클리어북이라는 물건이 생겼다. 오려낸 신문보다는 좀 더 번듯한 인쇄물을 보존하고 싶어지는 물건인데 이것도 자유자재로 활용하기는 어렵다. 대개 스크랩북은 붙인다는 데에 한 가지 문제가 있다. 보존하려면 붙이는 것이 가장 좋지만 붙여버리면

떼서 다시 정리하기가 여간 성가신 게 아니다. 또 양면을 보존하고 싶을 땐 붙이는 방법도 잘 궁리해야만 한다. 그러다 보니 이것저것 깔끔하게 정리할 궁리를 하는 사이에 스크랩이 쌓여 정리하기가 한층 더 귀찮아진다. 십인십색인 성격이 나타나는 곳은 이런 부분이지 싶다.

나는 전에 긴자의 야생식물을 조사했는데 그때 마흔여덟 종류의 식물로 만든 이파리 표본을 스크랩북에 착착 붙여뒀다. 이렇게 대충 스크랩한 것이 결국 남아 있다.

책상

나는 지금 책상이 없다. 글 쓰는 일을 하는데 책상이 없다고 말하면 어째 젠체하는 것처럼 들릴 것 같아 싫지만 정말 갖고 있지 않다. 곁에 둬야 하는 책이 점점 늘어나는 바람에 원래 책상이 있던 자리를 차지하고 말았다. 이래저래 궁리하는 사이에 판자 한 장을 서랍장과 창틀 위에 걸쳐놓고 책상 대용으로 삼았더니 뜻밖에 일하기가 좋아 벌써 몇 년째 그대로다.

이 판자는 2백 엔인가 2백50엔인가 주고 산 흠이 있는 합판으로 친구가 가구 공방 앞을 지나다 두 장 사서는 한 장을 나눠줬다. 합판의 표면 일부가 벗겨진 탓에 판자를 주문한 사람에게 납품하지 못하게 됐다는 이야기를 들었다. 이 판자로 무엇을 하면 좋을지 몰라 당분간 방구석에 세워놓았다가 사포로 문지르고 짙은 갈색으로 칠한 뒤 니스를 발라서 책상 대신 사용하는 참이다.

이 책상 대용품을 더 빨리 썼으면 좋았을 성싶다. 그도 그럴 게 쌓아둔 상자나 창틀을 이용하면 일하기 쉬운 높이로 만들 수 있다. 여태껏 대부분 책상이 너무 높아 다리를 잘라야 했는데, 양쪽에 서랍이 달려 있으면 높이를 조절하기가 어려웠다. 나는 굳이 따지자면 나지막한 책상이 일하기 편하다. 네발 책상은 대개 배 부분에 폭이 넓은 서랍이 달려 있기에 방해가 된다. 무릎에 걸리는 통에 답답하다. 또 서랍에 물건을 집어넣었더라도 의자를 일단 뒤로 빼지 않으면 안에 든 물건을 꺼내기도 힘들다. 하지만 네발 책상만이 아니라 서랍 없이 널판때기 한 장으로 된 책상은 찾아도 좀처럼 없다.

이제는 키가 더 이상 크지 않을 테니 몸에 맞는 편안한 책상을 주문하면 되겠지만, 어느 날은 기분에 따라 책상 높이를 조금 올리고 싶어질 때도 있다. 결국 판자를 걸쳐놓았을 뿐인 책상이라면 양쪽 지지대에 좁다란 널빤지를 끼우거나 빼버리면 해결되니 애가 탈 일이 없다. 그 외에도 여러 가지 점에서 아주 편리하다. 다다미방에 세 들어 살던 시절, 사고 싶어도 책상 따위는 팔지 않는 벽촌이었기에 그때도 손수 책상을 제작했다. 톱이랑 낡은 대패를 빌려서 만든 투박한 책상이었음에도 책을 두 권이나 썼다. 나중에 방에서 나올 때는 다시 판자로 분해해 몇 안 되는 책이나 다른 짐을 담을 상자로 개조했다.

바닥에 앉아 원고를 쓰던 어떤 사람이 마루를 깐 방으로 옮기고 나서 의자와 책상을 놓고 일을 했더니 자기가 쓰는 글이 어째 임시 일거리 같아 마음에 들지 않는다고 말한 적이 있다. 나는 어느 쪽이든 상관없긴 한데 요사이 줄곧 의자에 걸터앉아 일하다 보니 거기에 길들었는지 여관 같은 데서 책상다리하고 낮은 밥상에서 글을 쓸 때면 처음에 기분이 살짝 동요한다. 뭐, 이런 정도니 굳이 따지자면 둔한 편인지도 모르겠다.

지금처럼 널판때기 한 장을 책상으로 삼기 전에는 사들인 집에 있던 책상을 10년 넘게 사용했다. 높이는 몸에 맞게 낮추었지만 꽤 오래된 책상이라 상당히 쓰기 힘들었음에도 나름대로 익숙해져서 특별히 불편하진 않았다. 책상은 아이의 것이었는지 주머니칼로 새긴 글자나 깊은 구멍이 몇 개 있었다. 한 번 대패로 정성껏 갈고 색칠을 새로 하면 번듯한 물건이 됐을 텐데 하지 않은 채 십몇 년을

지냈다. 몸에 익기 전에는 구멍에 펜촉이 빠져 원고지에 구멍을 푹 내기도 했지만 차츰 구멍을 잘 피해가며 일할 수 있게 됐다. 그렇게 생각하면 책상이라는 물건은 원고지를 펼 수 있고 약간의 필기도구만 올려놓을 수 있으면 그만이다.

책장

문방구 중 하나라면 책장보다 책궤라고 하는 편이 좋을 듯하지만, 나는 책궤라고 하면 유리문이 달린 상당히 좋은 물건이 떠오른다. 게다가 끝내 그 책궤를 소유하지 못하고 끝날 것 같으니 책장이란 제목을 고르기로 하자.

전쟁 전에 외국의 꽤 오래된 시대를 조사하던 때였다. 2백 년이나 3백 년 전쯤 간행된 책이 점점 많아지다 보니 계속 보는 동안이라면 모를까 그렇지 않을 땐 적당한 책궤에 넣어 먼지가 마구 쌓이지 않도록 하는 편이 좋겠다고 생각했다. 그러는 사이 전쟁이 나서 불타버리고 말았다. 현재 내 주위에 있는 책이 전부 가치가 없다는 뜻은 아니다. 공부나 연구라고 할 정도는 아니더라도 책과 깊이 관계있는 일을 하면 갖고 있는 책들이 제각각 특수한 관련을 맺기에 함부로 다룰 순 없는 노릇이다.

그렇다면 나는 현재 가진 책들을 어떻게 정리하고 있을까. 이를 설명하기란 무척 어려운데 머물 곳이 없어 바닥이나 계단의 중간, 다락방에 노숙이라도 하듯 놓여 있는 책들이 아주 많기 때문이다. 이 책들이 책장에서 좋은 자리를 차지한 책들에 비해 별로 쓸 일이 없고 때에 따라 처분해도 좋을 만하냐 하면 결코 그렇지는 않다. 정리 방법이 잘못됐는지 아니면 꽂아둘 칸이 모자라 어떻게 해도 안 되는 조건인지 모르겠지만, 아무튼 일하는 데 편리하다고는 말할 수 없다.

잡지 첫머리에 서재에서 편하게 쉬는 사람의 사진이 곧잘 나온다. 찍혀 있는 책궤나 책장에 책이 깔끔하게 늘어서 있거나 때로는 넉넉한 공간에 꽃병이나 인형 따위를 올려둔 모습을 보면 혀를 차고 싶다. 부럽다기보다는 내 주위에 있는 책장의 상태를 생각하면 격렬한 초조감을 느껴서다. 정기적으로 처분하는 일도 무리고 쌓아두는 것도 책들에게 예의가 아니라면 결국 서고를 만들고 또 서고를 계속 확장하려는 계획을 세워 실행에 옮겨야만 한다. 문제는 그럴 공간이 집 안에도 집 밖에도 없다는 점이다.

이 집으로 이사한 지 30년이 넘는 동안 나는 여기저기에 꽤나 책장을 만들어놓았다. 처음에는 액자를 걸 벽면이 줄어드는 것도 쓸쓸하고 사람이 지나다니는 길이 좁아지는 것도 께름칙했지만, 그런 말을 하고 있을 상황이 아니었다. 기껏 판자까지 사서는 너무 보기 흉한 것을 만들 순 없었기에 톱과 대패로 할 수 있는 한 공을 들였다. 어쨌든 무게가 상당히 나가기에 목재를 잘라 맞추거나 다른 착상을 도입해 무게가 바닥에만 가해지지 않도록 분산하거나 싸구려 판자를 칠감으로 감추는 등 책장 만들기에 관해 상당한 경험을 쌓았다. 시간 여유만 있으면 더 세심하게 공들여 만들어보고 싶은데, 지금으로서는 도로를 새로 만들고 넓혀도 자동차가 급속히 증가하는 속도를 따라가지 못하는 것과 비슷하다.

몇 달 전에 밤중에 일을 하다가 기분 나쁜 소리를 들었다. 한순간의 소리가 아니라 나무가 조금씩 갈라지는 듯한 소리였다. 이곳저곳을 살피며 다녔음에도 여기다 싶은 곳이 보이지 않았는데 다음 날에 겨우 발견했다. 내가 만든 책장 판자가 갈라진 게 아닌가. 중력이 지나치게 가해진 탓도 있겠지만 책을 무리하게 꽂아넣은 바람에 세로로 놓인 판자가 그만 쪼개진 것이다. 한창 바쁘던 때라 새로 만들 시간은 없고 그렇다고 내버려두자니 너무 위험해 응급 처치를 했다. 평소 쥐죽은 듯 고요해 보여도 책장은 책의 무게를 지탱하며 잠자코 견디고 있기에 언젠가 갑자기 불만이 폭발하지 말란 법은 없다. 한동안 전전긍긍하는 날이 이어졌다.

서랍

"서랍은 문방구가 아닐 텐데"라고 말하는 분이 계실지도 모른다. 하지만 문방구를 다룬 책에서 서랍이라고 하면 하나하나 열어 조사할 필요 없이 대부분은 문방구를 넣어두는 장소라고 생각해주시기 바란다.

전쟁에 진 다음 해, 도쿄 근교를 걸으며 집을 찾으러 다닐 때였다. 조만간 간사이 쪽으로 전근을 간다는 사람을 우연히 만났고 제법 오래된 집이기는 해도 괜찮으면 넘기겠다고 하기에 간단히 결정했다. 그때 가구가 하나도 없다고 했더니 낡은 책상을 놔두고 갈 테니 마음에 안 들면

땔감으로라도 쓰라며 줬는데 그 책상 양쪽에 달린 서랍이 지금도 쓸모가 있다. 그 외에 은사님에게 받은 7단 서랍, 아이가 만들어준 5단 서랍 등 5단이나 3단 서랍이 열 개쯤 된다. 잡지에 쓴 글을 오려낸 것만 넣어두는 서랍도 있고 한두 번밖에 쓴 적이 없는 사진기가 들어 있는 서랍도 있다. 또 장난치고 싶을 때 쓰는 조각도를 보관하는 서랍도 있다.

실은 5단 서랍 가운데 하나에는 보통 사람들이 잘 모르는 문방구가 가득하다. 3분의 2 이상이 누가 외국에서 발견했다며 선물로 준 물건이다. 문방구는 유럽에서도 나라에 따라 모양이나 기능이 꽤 다르고, 런던에서 발견한 파란 잉크는 일본어로는 표현할 길이 없다. 얼마 전에 문방구를 좋아하는 젊은 친구가 놀러 왔기에 그중 몇 개를 보여줬더니 내 기쁜 마음을 상하게 하지 않으려고 다소 조심하며 이것과 거의 똑같은 것이 조금 큰 문구점에 가면 있다고 하는 게 아닌가. 그러니 서랍 속에 있는 비장의 문방구들은 덮어두기로 하자.

등사판

거의 쓰지 않지만 나도 작은 엽서용 등사판을 갖고 있다. 전에도 같은 타입의 등사판이 있었는데 누군가에게 빌려주고 받지 못해서 또 샀다. 등사판을 이용한 일종의 판화 같은 것을 시험하고 싶어서 돌려받으려 했지만, 다른 누군가에게 다시 빌려줬는지 아무리 기다려도 도통 해결될 기미가 보이지 않기에 단념했다.

등사원지 말고도 닥나무로 만든 얇은 종이를 사용해 다색인쇄 하는 판화는 제법 재미있지만 여기서는 자세한 설명은 생략하기로 하자. 지금 내가 등사판을 곁에 두는 이유는 줄판으로 등사원지를 긁어서 글자를 인쇄한다기보다는 판화를 위한 도구로 쓰기 위해서다. 그래서 일단 몇 가지 색깔 잉크와 롤러를 너덧 개 마련했다.

줄판을 써서 등사원지를 긁는 방법은 이미 1895년 무렵에 완성됐다고 하니 내 초등학교 시절에도 학교에 등사판이 있었지 싶다. 확실히 기억나지는 않지만 예를 들어 소풍을 가기 전에 휴대할 물품이나 집합 장소, 시간 따위를 인쇄한 종이를 학교에서 주었던 것 같다. 여름방학이나 겨울방학 전에도 방학 중의 주의 사항을 개조식으로 쓴 등사판 인쇄물을 받았다. 선생님은 인쇄물을 학생들에게 다 나눠주고 나면 인쇄가 분명하지 않은 곳이 있으니까 한 번 더 읽으며 설명했고 우리는 연필을 들고 읽기 힘든 글자를 따라 썼다. 그러니까 선생님의 등사판 인쇄 솜씨는 별로 좋지 않았던 셈이다.

중학교 때 친구와 동인지를 만들었다. 이때 처음으로 등사 가게에 가서 가격 교섭을 했는데 전문가가 인쇄하면 글자도 고르고 인쇄도 선명해 정말로 읽기가 쉽다는 말에 놀랐다. 내가 그린 동인지의 표지 그림이 거의 그대로 인쇄된 것에 완전히 감탄해 작업장을 보여달라고 부탁했다. 막상 가보니 딱히 거창한 장치가 있는 건 아니었다. 고등학교 때는 산악부 신문을, 재수할 동안에는 몇 명이서 코

튼지를 사용한 호화로운 동인지를 역시나 등사판으로 만들었다. 글자의 서체는 차치하더라도 잘 쓰고 못 쓰고는 제법 차이가 난다고 생각했다.

가장 자주 교재를 등사판으로 찍어준 사람은 어학 선생님이었는데 내가 교사가 돼 같은 일을 해보니 절대 호락호락하지 않았다. 인쇄는 그 일에 익숙한 사무원에게 부탁했지만 등사원지를 긁든 타자기를 치든 수월하지 않았다. 내가 가르친 학생 중에 타자기에 자신 있는 사람이 있어 전쟁 중에 라틴어책을 전부 찍어줬다. 양서洋書 수입이 중단됐던 시절인지라 이 등사판 책을 배부했더니 신청하는 사람이 너무 많아 당황했다. 만들면서 두꺼워져 세 권으로 나누었지만 돈을 벌려고 한 일이 아니기에 전부 실비였다. 책에 굶주려 있던 시절이라 그때만큼 사람들을 기쁘게 한 적이 없는 것 같다.

마찬가지로 전쟁 중의 추억담으로 일손이 부족해 동회나 경방단을 거든 적이 있다. 그 무렵 도쿄에 있었는데 나는 집도 불타버린 마당에 구청이나 경찰에서 하루에 몇 번씩 통달이 내려오면 즉시 등사판으로 인쇄해 이웃에 돌려야만 했다. 등사원지 긁는 일은 어느 무뚝뚝한 아저씨가 혼자 했다. 그 아저씨는 이른 아침부터 늦은 밤까지 줄곧 책상을 마주 보고 앉아 등사원지를 긁었고, 우리는 완성되기를 기다렸다가 부지런히 찍었다. 어디 동회에서나 또 외진 시골에서도 똑같은 일을 했으리라. 단순한 인쇄였기에 누구나가 할 수 있는 데다 전등이 꺼져도 촛불 빛으로 쓰고 찍을 수 있었다. 이게 가령 전동식 복사기였다면 정전과 동시에 멈춰버려서 난처했을 게 뻔하다. 평화로운 시기에 지나치게 발달한 기계류는 뭔가 하나가 빠지면 기능이 완전히 멈춘다.

필통

필통, 필갑 그리고 시스*. 정확한 명칭이 무엇인지 잘 모르겠지만 어쨌든 연필이나 만년필 따위의 필기구를 넣는 용기니 필통이라고 부르기로 하자. 용기니까 문방구에서 빼도 될 것 같지만 이 안에 연필깎이, 지우개, 컴퍼스, 자 따위를 넣으니까 제외할 수는 없다.

나는 대학에서 강의할 때 학생들에게 되도록 노트 필기를 하지 말라고 부탁했기에 학생들은 턱을 괴고 졸린 얼

*시스sheath 칼집이라는 뜻으로 필기구를 여러 자루 꽂아 들고 다니는 길쭉한 주머니.

굴로 이야기를 들었다. 그리고 책상 위에는 다른 수업을 위한 노트나 책이 있을 뿐 필통처럼 보이는 것은 거의 없었다. 다른 선생이 강의하는 교실을 엿본 적은 없지만 아무래도 대학생은 필통이란 물건을 별로 좋아하지 않는 듯했다. 만년필이나 볼펜은 웃옷 주머니에 꽂거나 지우개, 연필 깎는 칼 등은 주머니 어딘가에 넣을 수 있다. 내 과거를 떠올려도 학교에 필통을 가져간 것은 중학교 때까지다. 고등학교나 대학교에선 필통이 촌스러운 물건 같았다.

그런데 입학시험 감독을 해보면 수험생 대부분이 필통을 갖고 온다. 답안을 쓰는 데 무엇을 사용하든 필기구를 소중하게 다뤄야 한다고 생각하기 때문이리라. 엄격한 곳에서는 필통에 커닝 페이퍼를 넣어두면 안 되기에 시험이 시작되는 동시에 책상 위에 꺼내지 못한다. 필통이 커닝 도구가 된다는 사실은 경험이 있든 없든 감독 교사가 충분히 상상할 수 있다. 이때 수험생의 필통을 보면 여동생에게 빌려오기라도 했는지 꽃이나 병아리가 달려 있기도 하다. 촌스럽다고 생각하지도 않고 부끄러워하지도 않으니 어쨌든 입학시험쯤 되면 진지해지는 모양이다.

초등학교부터 세어보면 우리는 적어도 16년이나 17년 남짓 학생으로 지낸다. 대학에 가지 않더라도 꽤 긴 학창 시절이 이어지는 동안 직접 사지는 않아도 필통 하나쯤은 누군가에게 받을 기회가 분명 있다. 난폭하게 다루지 않는 다음에야 하나 있으면 평생 쓸 수 있는 물건인데 어느새 없어진다. 필통이 촌스럽게 여겨지는 시절이 있다 보니 책상 서랍에 넣었다가 서랍을 몇 번 정리하는 사이에 필요 없는 물건이라고 어떻게 해버리나 보다. 설사 필통이 필요한 때가 오더라도 대신 쓸 만한 물건은 주위에 얼마든지 있기에 특별히 소중하게 간식해두시도 않는다.

나는 문구점을 꽤 자주 들여다본다. 딱히 살 물건이 없어도 문방구의 매력에 이끌려 가게에 들어가는데 필통을 사려고 생각한 적은 한 번도 없다. 가령 여행할 때 스케치를 하거나 숙소에서 그날 일기를 쓰기 위해 필통이 필요할 만큼 물건을 가져가지만, 필통 대용으로 한 다스짜리 연필 상자만 있으면 충분하다. 이 상자 자체가 그런 걸 염두에 두고 만든 물건이기도 하다. 필통이 있어도 대용품을 쓰고 싶은 마음은 누구에게나 있는 걸까. 어쩌면 이것이 용기라는 존재의 숙명인지도 모른다. 셀룰로이드 필통에 송곳으로 구멍을 뻥뻥 뚫거나 뚜껑 구석을 조금 긁어내 불을 붙여본 적도 있다. 이런 짓을 해도 용기로서만 제 할 일을 하면 전혀 지장이 없다고 생각하며 대용품을 되레 더 소중히 다룬다. 필통은 아무리 봐도 딱한 존재다.

색연필

그 판지 상자에는 금붕어가 두 마리 그려져 있었다. 어쩌면 한 마리였을 수도. 유치원에 들어가기 전에 받은 이 12색 색연필은 간토대지진 때 집과 함께 불탔지만, 이 색연필로 그린 내 빈약한 그림은 뜻밖에도 기억하고 있다. 물론 색연필은 사용하면 짧아진다는 사실을 알고 있었기에 요즘 아이들이 그리듯 대담하게 그리지 못했다. 크레파스나 불투명 물감을 써서 죽죽 두텁게 칠하는 아이는 누구도 없었다. 어린 아이에게 색칠을 가르치는 어른들도 색연필은 힘을 주지 말고 살짝 연하게 칠하라고만 가르쳤다.

그래서 나도 자동차나 기차 같은 것을 연필로 그려놓고 거기에 연하게 색깔만 넣었다. 내가 내 그림에 색깔을 넣을 수 있다는 것은 엄청난 사건이었다. 이렇게 나를 기뻐서 어쩔 줄 모르게 해준 금붕어 색연필은 보라색과 노란색과 갈색 정도가 조금 짧아진 시점에서 재가 돼버렸다.

대지진이라는 것은 전쟁과는 달리 물자가 다른 지역이나 외국에서 금세 흘러들어왔기에 생활을 회복하는 데 언짢은 기분은 별로 없었다. 혼란도 있었고 복구에 꽤 시일도 걸렸지만 천재이기에 쉽게 단념한 데다 노력하는 보람까지 컸다. 이것과 색연필은 관계없어 보이지만 집이 불탔다고 동정을 산 덕에 금방은 아니었지만 외국에서 만든 좋은 색연필을 선물 받아 전쟁 때까지 사용했다.

초등학교 2학년 때부터 일기를 쓴 나는 4학년 설부터는 당용일기를 펜으로 썼다. 하루가 아마 열 몇 줄짜리 페이지였던 듯한데, 평범한 하루여도 어쨌든 이 열 몇 줄을 메우겠다고 결심한 채 필요가 있든 없든 아랑곳없이 작은 그림을 넣기도 했다. 그림은 같은 펜으로 그리고 색연필로 칠했다. 그림일기라는 말은 없었지만 그림일기였다. 마음에 안 드는 그림일 때도 있었지만 색연필로 어찌어찌 얼버무리면서 계속했더니 예뻤다. 이 습관과 얼마간의 훈련 혹은 익숙함 덕분인지 이과 공책 속 그림에 색연필로 색을 입히는 일이 즐거웠다. 면학과는 별 관계가 없었음에도 중고등학교 시절 내내 자연과학 관련 공책을 정리하거나 정서하는 것이 매일 밤의 낙이었다.

1950년쯤부터 나는 새로 자연 공부를 시작해서 뭔가를 목격하거나 신기한 현상과 마주치면 작은 노트에 그림과 함께 기록했다. 이때도 수채물감을 사용하면 거창하기도 하고 귀찮기도 해서 색연필을 썼다. 이렇게 내 과거를 돌아보니 색연필은 그림을 그리기 위해서는 거의 쓰지 않고 공책이나 수첩 종류에 써왔다. 이렇게 쓰는 것이 가장 잘 어울리는 듯도 하다.

1년쯤 전에 호화로운 60색 색연필 세트를 선물 받았다. 참 예쁜 데다 색이 많은 색연필은 처음이라서 유년 시절에 금붕어가 그려진 색연필을 가졌을 때와 비슷한 기쁨을 맛봤다. 심이 닿는 느낌이 딱 알맞게 부드럽고 색감이 좋은 것까지 이 정도로 개량됐을 줄은 몰랐다. 외관의 아름다움마저 훌륭해 되레 화가 날 정도였다. 이렇게 훌륭한 색연필을 쓴들 나는 언제가 돼도 좋은 그림을 못 그린다는 분한 마음에서 솟아나는, 분노에 가까운 기분이었으리라. 때때로 그 커다란 상자를 열어 바라보고는 도화지 구석에 작은 별 모양 따위를 그려보지만 아무래도 그림으로 발전하지는 않는다. 그림일기라도 시작해볼까.

문구점에 없는 문방구

책상 위만이 아니라 펜꽂이나 서랍 안에도 문방구라고 부르기 어려운 물건이 여러 가지 있는데 이 물건들은 사용 빈도가 꽤 높은 편이다. 예를 들어 종이칼에서 유화용 물감칼이 쓸 만하다고 적었다. 유화를 그리는 일이 별로 없는 지금은 물감칼로 우편물의 봉을 뜯거나 양서의 붙어 있는 책장을 주로 자른다. 이외에도 편리한 구석이 한없이 많다. 방 밖으로 갖고 나가 사용해도 결국 돌아오는 곳은 펜꽂이라서 가위나 핀셋과 동거하고 있다.

전쟁 중에는 문방구가 부족해 대용품을 찾았다. 집이

불타 멀리 떨어진 농촌에서 신세를 지고 있을 때다. 곱돌은 불탄 자리에서 조금 꺼내올 수 있었지만 도장 파는 칼은 찾지 못한 차에 다다미 장인이 낡은 다다미를 수리하는 곳을 지나다가 굵은 다다미 바늘을 하나 얻었다. 이 바늘을 삼나무 장작에 박아넣고 바깥쪽을 깎아 손에 쥐기 쉬운 손잡이를 만들었다. 이것으로 인장이랄까 도장을 만들었다. 성이나 이름뿐 아니라 무언가 새겨달라는 다양한 주문이 있어 신세를 진 데 대한 답례로 만들어드렸더니 쌀이나 채소를 주었다.

반세기가 넘게 지난 지금도 도장 파는 칼 대용품인 다다미 바늘을 대단히 아끼고 있다. 송곳도 좋지만 이쪽이 도구로서 더 뛰어난 데다 뾰족한 끄트머리의 강도는 비교조차 안 된다. 손도끼로 깎아낸 손잡이는 무척 못생겼지만 반들반들 윤이 나서 새로 만들어 끼울 마음은 아무래도 생기지 않는다. 골동품이라기보다는 언뜻 잡동사니로 보이는 물건을 상자에 넣어 늘어놓는 고물상에서 문구점에는 없는 물건을 하나 찾아 내 전용 문방구로 변신시키는 일은 유쾌하다. 나는 그런 도구를 결코 이색분자 취급하지 않는다.

일기장

인간은 표면적으로 어울리기만 해서는 그 인물에 대해 어떤 판단을 내리기 어렵다. 무척 허술한 사람이라고 미리부터 단정 짓고 화를 낸 적도 몇 번 있는 사람이 실은 어떤 면에서 매우 꼼꼼해 놀라기도 한다. 나와는 직접적으로 아무 관계 없는 꽤 유복한 집에서 자란 젊은 사람을 보고 저런 생활을 하다가는 곧 곤란해질 때가 올 텐데 생각했던 적이 있다. 그러다 우연한 기회에 그 사람이 매일 착실하게 용돈 기입장을 쓰고 밤에 아무리 피곤해도 자기 전에는 성심껏 일기를 쓴다는 사실을 알고 내 잘못된 판단을 부끄러워했다. 물론 일기를 쓰고 있으니까 꼼꼼하다고 단정할 수는 없다. 또 일기를 쓴 적이 없으니까 신용할 수 없다고 생각하는 것도 이상한 이야기다.

나는 매해 연말이면 수첩 몇 권과 일기장 세 권 정도를 어디서 받는다. 혼자서는 다 쓸 수 없으므로 원하는 사람에게 주는데, 수첩은 받아가는 사람이 있지만 일기장은 준다고 해도 두고 간다. 다들 일기 같은 건 쓰지 않나 했더니 그건 아니고 사람마다 매년 정해진 일기장을 쓰기에 다른 일기장은 불편한 모양이다.

몇 년간 당용일기를 썼기에 나도 잘 안다. 아무리 좋은 일기장을 받아도 익숙하지 않으면 이상하게 불안하고 심지어 생활에 혼란이 생기는 기분까지 든다. 지금은 그날그날 쓰는 분량이 현저히 다른 데다 때로는 책에서 어떤 부분을 옮겨 적을 때도 많아 세로줄 공책을 사용한다. 한 해에 한 권이면 족할 때도 있는가 하면 대여섯 권 넘게 쓰는 해도 있다. 이 공책을 더는 제조하지 않는다고 들었을 땐 일기를 쓰기가 싫어 이제 그만둘까 생각했을 정도다. 하지만 공책에 좌지우지될 만큼 기분의 영향을 받는 일기 쓰기에는 경계해야만 하는 측면도 있다.

지금은 무슨무슨 일기라는 이름으로 연말이면 문구점 앞에 놓이는 일기장의 종류도 참 많다. 탄탄한 전통이 있는 일기장부터 그해만 나왔다 사라지는 일기장까지 다 세면 상상을 넘어서는 양이지 싶다. 나도 2년 만에 사라져버린 일기장의 편집을 맡은 적이 있다. 그러니까 크기를 정하고 쪽수를 결정하면 완성이나 마찬가지지만 그 뒤가 큰 일이었다. 그도 그럴 게 일기장은 공책이 아니다. 일기장으로 만들기 위해 이런저런 편리해 보이는 부록을 붙여야만 했다. 이 부록을 어떤 것으로 할까 정하는 고생이 이만저만 아니었다.

지금 떠올리면 세계사 연표나 약어 사전 같은 건 그렇다 치더라도 젊은 사람을 대상으로 한 일기장이었기에 지식의 샘으로 유화 캔버스의 치수법, 카메라 노출표, 식품의 성분과 열량, 우편 요금표 등을 달았다. 그뿐 아니라 게임 점수 조견표니 계절의 패션이니 해서 나는 도통 모르는 내용을 전문가에게 의뢰해 써달라고 했다. 나로서는 무의미해 보였지만 연예인 주소록 같은 것까지 붙였는데 무척 평판이 좋았다. 이른바 일기장의 원형 즉 달력에 기록할 수 있는 이 시스템이 언제쯤부터 만들어졌는지를 쓸 정도로 조사하지는 못했다.

1945년부터 한동안 임시 가옥에서 살며 공책다운 물건이라고는 주위에 하나도 없던 시절, 나는 결국 종잇조각에 달력을 그린 다음 비망록으로 한두 줄씩 메모했다. 즐거워서가 아니라 필요에 못 이겨 한 일이었다. 모닥불 연기로 갈색이 된 그 종잇조각은 지금도 보존하고 있다. 이것이 당시에 있던 일을 쓸 때 꽤 도움이 되니 우리 생활에 적어도 비망록 같은 일기는 필요하다 싶지만, 그 하나만을 위한다면 일기장은 좀 너무 번듯한 듯도 하다.

원통

'지통'이라는 이름이 있지만 폴리에틸렌 등으로도 만드니 '원통'이라고 하는 편이 나을 것 같다. 이런 물건의 기원을 찾기는 몹시 어렵다. 머리가 매우 좋은 사람이 발명하거나 고안한 것도 아니고 어려운 원리가 있는 것도 아니다. 하지만 판지 따위를 사서 원통을 만들려고 하면 그리 간단하지는 않다. 무심코 밟아버려도 찌그러지지 않을 만큼 튼튼한 통으로 만들려면 이만저만한 일이 아니다.

얼마 전에 에베레스트가 가운데 나와 있는 훌륭한 히말라야 지도를 친구로부터 얻었다. 지도는 손수 만든 원통에 넣은 다음 심에는 다른 종이를 단단하게 말아 넣은 덕분에 먼 곳에서 우편으로 왔는데도 주름 하나 생기지 않고 무사했다. 처음부터 접혀 있는 지도라면 지상에서 가장 높은 산과 그 주변의 지도라도 별것 아니지만 인쇄하고 나서 다양한 사람의 손을 거쳐 결국 나에게 올 때까지 어디에도 접힌 자국이 나지 않았다니 결코 대충 접어버리고 싶지 않았다. 결국 원통에 넣어 보존하기로 마음먹었다. 그런데 말아도 제법 길이가 되는 지도라서 나한테 있는 통을 이것저것 꺼내봤지만 맞지 않았다. 치수를 수첩에 적었다가 외출할 때 문구점에서 살 생각이다. 나는 매해 연말에 여기저기서 다음 연도 달력을 넣어 보낸 통들 가운데 튼튼한 것만 따로 모아둔다. 부탁받은 그림을 보낼 때 쓰다 보면 차차 없어지다가 모자랄 쯤이면 또 달력의 계절이 돌아온다.

지도 넣는 원통을 걱정하고 있을 즈음 이번에는 소홀히 다룰 수 없는 중국 탁본을 받았다. 오랫동안 꿈꿔온 화상석을 탁본했는데 배접이 돼 있다. 흥미가 없는 사람에게 마구 보여주고 싶지 않은 물건인 만큼 원통에 넣어 보존할 생각이었다. 액자에 넣어 건다 해도 너무 크다 보니 내 집에는 걸어둘 만한 벽면도 없었다. 그래서 지금 탁본은 앞서 말한 지도와 함께 조금 큰 튼튼한 통에 들어 있다.

이쯤 해서 『문구 사무기기 사전』을 펼치고 원통의 종류를 조사했다. 기준이 되는 크기는 당연히 지름이 작으면 짧고 1미터를 넘으면 지름도 9센티미터나 된다. 길이는 1미터를 조금 넘는 수준에서 그치지만 지름은 20센티미터 굵기도 있다. 대개 이런 물건이 제조된다는 사실을 알고 사러 가면 그런 건 없다고 해도 설명한 뒤 주문해달라고 할 수 있다.

옛날이야기지만 초등학교 시절에는 성적이 좋아 학년이 끝날 때마다 증서나 상장을 받았다. 버릴 수는 없으니 지통을 찾아 넣어뒀다. 고등학교 때는 졸업식에 참석 안 해서 가지러 오라는 엽서를 몇 번이나 받았지만 가지 않아 모르고, 대학을 졸업할 때는 졸업증서와 종이통을 함께 받았다. 전부 전쟁 때 불타버렸어도 별로 애석하게 여겨지지는 않는 물건 중 하나다.

종이 가운데 접으면 값어치가 없어지는 것이 있다. 특히 등사원지는 실수로 줄이라도 가면 수정하는 게 큰일이다. 잘 쓰지는 않지만 등사원지나 판지 따위는 원통이 무난하다. 전에 살던 곳 근처 농가에는 아버지가 병약한 딸을 위해 차린 문구점이 있었다. 초등학교 옆이라 꽤 번창했다. 때때로 노인장이 딸을 대신해 가게를 봤는데, 나는 이 노인장과는 아는 사이라 거기서 등사원지를 두 장 샀다. 멍하니 가게 안을 둘러보던 내 잘못이지만, 노인장은 등사원지 두 장을 정성껏 네 번 접은 것도 모자라 접힌 선을 손끝으로 문지른 뒤 종이봉투에 넣었다. 헛된 쇼핑이었다.

편지꽂이

작업 책상을 마주 보고 앉아 왼손을 뻗으면 닿는 위치에 편지꽂이가 걸려 있다. 위아래로 두 개다. 위쪽에 있는 것은 폭이 14센티미터 남짓한 작은 편지꽂이다. 바깥에 나갈 때 우체통에 넣거나 우체국에 가져가 등기나 속달로 보낼 필요가 있는 편지와 엽서를 넣어둔다. 별생각 없이 엽서를 다시 읽다가 오자나 예의에 어긋나는 표현을 발견하고서 혼자 쓴웃음을 짓는 일도 더러 있다.

반세기도 더 전에 있던 일이 갑자기 생각났는데 여기에 집어넣어도 될까. 도쿄가 아닌 땅에 산 적이 없던 나는 전쟁으로 집이 불타고 가족과 함께 도호쿠의 농촌으로 이주했다. 거기서 농가 일을 거들면서 겨우 생활다운 생활을 하며 지냈다. 은사님이 걱정이 되셨는지 자주 편지와 엽서를 보내주셨는데, 나흘이나 닷새 만에 도착하기도 하고 반달 넘게 걸리기도 했다. 그러니 내가 보낸 답장도 어떠한 운명을 밟았는지 전혀 알 수 없다. 어느 날 엽서가 한 장 왔다. 슬슬 소련 선생도 나설 것 같으니 조금만 더 참으면 된다는 내용이었다. 이 엽서를 몇 번씩 다시 읽다 보니 우스울 정도로 기분이 밝아졌다. 그러다 종전을 알리는 조서가 낡은 라디오에서 겨우 들려왔을 때 동네 사람들이 내 얼굴을 보면서 무슨 일이 일어났는지 묻기에 이제 전장에 끌려간 마을 청년들이 돌아올 테니 이렇게 경사스러운 일이 없다며 기뻐했더니 떡을 찧고 탁주를 마시고…….

편지꽂이 이야기를 잊은 것이 아니다. 그때부터 선생님을 비롯해 친구나 지인들로부터 갑자기 많은 편지가 왔다. 이 편지들은 모두 귀중한 것으로 기쁨이든 슬픔이든 각자 마음의 동요를 전해주었다. 그때 이 편지들을 소중하게 다루고 다시 읽으면서 답장을 되도록 정성껏 쓰자고 마음먹었다. 선생님을 비롯해 친구나 지인들이 보내온 편지에 내 생각을 솔직히 쓰기는 쉽지 않았기에 우선 받은 편지를 분류하려고 편지꽂이를 마련했다. 농가 사람들이 사용하는 톱이나 대패는 편지꽂이를 만들기에는 적합하지 않았지만, 모양 하나만큼은 편지꽂이에 가깝게 만들었고 짚불을 이용해 그슬거나 하면 남부끄럽지는 않았다. 지금도 거기에 모여 있다가 볼일을 마친 편지들은 전부 있는데 손수 만든 편지꽂이는 어떻게 됐는지 기억에 없다.

내가 현재 쓰는 편지꽂이 두 개는 직접 산 것은 아니다. 이것도 반세기는 쓰고 있는데 하나는 'Hab Sonne im Herzen♥'가 다른 하나는 'Ballad of Prison'이 적혀 있다. '마음에 태양을'에는 이미 완성돼 마감일을 느긋하게 기다리는 원고를, '감옥의 발라드'에는 의뢰가 와서 무심코 수락해버린 편지를 넣기에 딱 맞다.

클립

클립은 고정하는 용구다. 타이클립이라고 하면 넥타이핀이고 페이퍼클립이라고 하면 종이를 겹쳐 고정하는 문방구다. 흔히 일상에서 젬과 클립을 구별해 사용하는데 젬 또는 젬클립은 가느다란 철사를 구부려 만든 도구고 그냥 클립은 대부분 용수철을 이용한 도구다.

젬클립은 뒤로 미루고 클립 이야기부터 하면 원고를 쓰는 사람에게는 아주 긴요한 물건이다. 짧은 글 몇 장이라면 어떻게든 되지만, 예를 들어 열 장 어림으로 단락을 지으며 마흔에서 쉰 장을 쓸 경우에는 클립이 도움이 된다. 특히 먼저 구상을 짜고 메모를 만든 뒤 그에 따라 정연하게 써나가지 못하는 나는 나중에 어떤 부분을 덧붙여 쓰거나 빼거나 하기에 다 쓴 원고지를 족족 철할 수가 없다. 그래서 언젠가부터 책상 앞 전등갓에 클립을 꽂아두고 있다. 필요할 땐 손만 뻗으면 쓸 수 있는 데다 이렇게 해두면 잃어버리는 일도 거의 없다.

클립의 종류나 크기는 다양하다. 나는 딱히 이거 아니면 안 된다는 까다로운 소리는 안 해도 기분 전환에 다소 도움이 될까 싶어 몇 종류의 클립을 갖고 있다. 옛날 그대로인 불독클립, 용수철에 볼베어링을 쓴 볼클립, 손잡이가 뒤로 젖혀지는 더블클립 등등. 그런가 하면 빨래집게도 두세 개 있다. 클립의 역사에 관해 수많은 문헌을 뒤졌음에도 언제쯤 만들어졌는지 확실치 않다. 다만 임시로 철을 하거나 종이에 쓴 것을 분류해 정리하려는 마음은 꽤 오래전부터 있었을 테니 용수철 따위가 들어 있는 클립이 발명되기 전에도 무언가 있지 않았을까. 물론 이런 물건이나 도구에 관한 인간의 지혜는 종종 고르지 못한 법이니 아무것도 없었을 수도 있다.

나는 젬 혹은 젬클립의 젬이 무엇을 뜻하는지 정확히 알고 싶어 어느 나라 말인지 혹은 사람 이름인지를 이 사람 저 사람에게 물어봤다. 그런데 지금까지 수긍이 가는 답은 얻지 못했다. 『문구 사무기기 사전』에도 설명은 없었다. 그저 젬을 제조하는 기계가 다이쇼* 시대 말 독일에서 들어왔을 때 어디에 쓰는 건지 몰라 본사에 문의해보고 제품을 생산하기 시작했다는 내용만 적혀 있었다. 그렇다면 내가 어릴 적에는 젬이 없었다는 말이다. 그랬을지도 모르겠다.

대학에서 강의하던 시절, 학년 말이면 무슨 일이 있어도 시험을 쳐야 했다. 아주 간단한 문제밖에 내지 않았지만 내가 바라는 답만을 몇 줄로 쓰는 일은 어려운지 답안지를 두서너 장씩 쓰는 학생들이 많았다. 이 학생들을 위해 핀이 마련돼 있었다. 4백 장쯤 되는 답안지를 집에 가져가 보고 있으면 이 핀이 내 손가락을 노린다. 피투성이가 된다고 하면 과장일지 몰라도 어쨌든 무시무시한 작업이었다. 그래서 어느 해부터 시험을 치지 않고 리포트를 제출하라고 했더니 이번에는 제각기 용지 몇 장을 젬으로 집어서 왔다. 채점하려고 읽는 도중에 젬이 어디서 빠졌는지 책상 위에 떨어져 책상 위가 젬으로 덮이기 일쑤였다. 이 젬들을 주워 담은 판지 상자는 그로부터 10년이 넘어가는데도 흔들면 여전히 자그락자그락 소리를 낸다.

*다이쇼 일본의 연호로 1912년~1926년.

무슨 일에나 곧장 젬을 쓰고 싶어 하는 사람이 있지만, 그런 습관이 없으면 1년에 몇 개 쓰지도 않는다. 동시에 그 몇 배나 되는 젬이 어쩐지 옆에 쌓인다.

명함 상자

나는 명함 정리를 하지 않는다. 전쟁이 끝나고 원고를 쓰는 일을 많이 하게 됐을 무렵에는 하루에 몇 장씩 명함을 받았다. 정리를 해두지 않아 난처해지는 일도 있었기에 집에 있던 상자에 색인을 달아 출판사 별로 줄 세웠다. 두세 군데 학교에 출강하다 보니 원고를 출판사에 가져가는 일이 많았고 그러면 편집부에 있는 사람들이 잇따라 명함을 준다. 다음 기회에 만났을 때 기억을 못 하면 좀 그렇다. 또 출판사라는 곳은 종종 간단히 망하기도 해서 거기 있던 편집자가 다른 출판사로 옮기는 일도 잦았다. 이번엔 이런 곳에 있다며 또 새로운 명함을 준다. 회사가 망해 없어지면 괜찮지만 사정이 있어 다른 회사로 옮기면 점점 더 복잡해진다. 전에 받은 명함을 상자에서 끄집어내 치워버리지 않으면 어느 출판사에 있던 사람인지 알 수가 없다. 명함 정리는 그저 ABC순으로 줄만 세우면 그만인데 늘 바지런히 정리하지 않으면 의미가 없다.

모임에 출석하는 횟수가 줄어들면 받는 명함 수도 급격히 적어진다. 현재 내가 1년에 받는 명함 수는 참으로 적다. 적으니까 한 사람 한 사람 잘 기억하느냐면 결코 그렇지 않다. 글쎄 어디서 만난 사람인가 생각나지 않을 때가 허다하다. 그래서 명함을 받으면 집에 돌아와서 반드시 받은 장소와 날짜를 명함에 적어두는 습관이 생겼다. 기억력이 감퇴하는 사람에게는 도움이 된다.

지금은 정리 상자를 쓰지 않고 적당히 모이면 끈으로 묶어서 한군데 쌓아둔다. 끈으로 맬 때 앞으로 두 번 다시 만날 일이 없을 것 같은 사람은 따로 모은다. 정리의 일종이다. 지금은 지방에 강연을 가지도 않지만, 가령 지방 교육의원의 명함 같은 것은 따로 묶어두지 않으면 거치적거린다. 그래도 무슨 일이 있을지 모르기 때문에 버릴 수는 없다.

정리 상자를 사용해보고 깨달았는데 명함 크기는 서

로 다르지 않은 편이 좋다. 어떻게든 조금이라도 눈에 띄려는 사람은 직함을 늘어놓아야 하는 사정이 있어서 그런지 큰 명함을 준다. 이 경우에는 실례인 줄 알지만 잘라서 크기를 맞춘다. 여성의 작은 명함은 상자 안에서도 너무 조신하게 숨어버리는 탓에 정말 불편하다. 이런 곳에서까지 그렇게 사양하지 않아도 되는데 싶다.

나는 명함 정리와는 상관없이 명함 상자를 몇 개 갖고 있다. 명함 상자는 메모 카드 상자로 써도 무척 편리하다. 별로 공부다운 공부를 하지 않는 나도 신경 쓰이는 부분이 있으면 조사하고 또 아무래도 장기간에 걸친 조사라면 메모 카드를 이용한다. 메모 카드는 명함과 같은 크기라서 문구점에서 다 떨어졌을 땐 명함 용지를 활용할 수도 있다. 메모 카드와 카드 상자를 준비하면 물론 좋지만 메모 내용이 빈약해지면 상자가 어쩐지 거창하게 느껴져 되레 갑갑한 기분이 든다. 그래서 전쟁이 끝난 직후에 산 명함용 판지 상자가 딱 좋아 지금껏 쓰고 있다. 망가져 못 쓰게 되면 플라스틱 상자를 살 생각이지만 막 다루는 물건도 아니기에 판지 상자라도 전혀 망가지지 않았다. 이대로 가면 내가 뻗기 전에는 부서질 것 같지도 않다.

영업 방해라는 말을 들을지 모르지만, 이런 종류의 정리 상자는 일반 가정에서 필요 없어진 빈 상자를 다소 손보기만 하면 충분히 만들 수 있다. 요즘은 상당한 귀중품이 된 나무로 된 과자 상자의 경우 치수를 재어 자르고 깎고 사포질한 뒤 칠만 하면 번듯할 뿐 아니라 자기 용도에 딱 맞는 크기의 상자로 변신한다. 내 옆에는 이렇게 만든 이런저런 상자들이 이용될 날을 기다리고 있다.

주판

주판을 뜻하는 한자는 여러 가지다. 중국에서는 산반算盤과 주반珠盤, 일본어에서는 십로반十露盤, 십려반十呂盤, 소로반所露盤, 장로반将露盤, 타산반打算盤, 산마算馬 같은 한자를 썼다. '산반'을 '소로반'이라고 읽는 데는 문제가 있을지 모르지만 익숙하게 사용하고 적는 글자이기는 하다. 나는 주판이 없으니 익숙하게 사용하기란 불가능하다.

내가 학교에 다닐 무렵 다른 학교에는 주판 수업이 있었다는데 우리 학교에는 없었다. 학교에서 안 배워 못한다는 변명은 싫어하지만 이 나이가 될 때까지 정식으로 주판 사용법을 배우지 않고 와버렸다. 옛날 같으면 주판이 없어도 됐다니 팔자 한 번 편하다며 비꼬는 소리를 들을 판이지만, 금전 계산에 관해서는 지극히 단순한 생활을 해 왔기에 특별히 주판을 능숙하게 사용할 필요가 없었다. 물건을 사고팔면서 주판을 사이에 두고 흥정한 적도 끝내 없었다. 사칙연산은 초등학교 때 배운 대로 종이와 연필로 시간을 들여서 풀면 됐다. 그 정도의 생활이다.

우리 집은 원래 장사하는 집안인 데다 아버지가 평생을 은행에서 근무했으니 내가 주판을 전혀 못 한다는 게 어찌 보면 이상할지도 모른다. 어머니는 죽을 때까지 가계부를 쓸 때면 반드시 곁에 주판을 두었다. 딱히 좋은 주판도 아니고 언제나 벼루 상자와 함께 보관한 탓에 여기저기 먹이 묻어 있었다. 이 주판은 아니었을 테지만 어릴 적에 주판을 꺼내서는 뒤집어 한발을 올리고 다다미 위에서 롤러스케이트 타는 흉내를 내곤 했다. 이 일로 꾸중을 들은 기억은 없어도 허락받은 놀이는 아니었을 터. 주판알 위에 발을 얹었을 때의 묘하게 간지러운 감촉이 선명하게 남아 있는 것이 신기할 따름이다.

전에 대학에서 일했을 시절, 봄이면 매해 입학시험으로 분주하고 숨 막히는 날들이 이어졌다. 필기시험 감독이라는 게 구석 쪽에 앉아 책이라도 읽을 수 있다면 아무 일도 아니지만, 심각하게 답안을 쓰고 있는 사람들 사이를 방해가 되지 않도록 하면서도 의심의 눈초리를 빛내며 걸어 다녀야만 했다. 상상 이상으로 괴로운 일이다. 그리고 이어지는 채점. 이것도 동정심 따위를 품어서는 안 되는 게 오히려 괴롭다. 몇 사람의 눈을 거쳐 놓친 게 없다는 결론이 나면 각 문제의 점수를 더하는데 뜻밖에 여기서 실수가 생기기 쉽다. 38+25라는 계산에서 실수를 하니 아무리 평소에 계산과는 무관한 생활을 하고 있더라도 실망이 크다. 이 실수를 발견하는 사람은 결국 주판으로 생활하는 사람, 이 일이 직업인 회계 담당이다. 그저 탄복하지 않을 수 없다. 주판을 손에 든 인간에 탄복하는지, 주판 자체에 경의를 갖는지…… 이때만큼 주판 기술을 익혀둘 걸 아쉬워한 적이 없다.

교사 자리에서 물러나고 나니 나머지는 1년에 한 번 있는 세금 계산이다. 정해져 있는 일인 만큼 당연히 따르지만 계산 실수 때문에 말썽이 나는 것도 싫었고 계산을 잘못해 세금을 많이 내는 것은 더욱 싫었다. 그렇다고 해서 한 해에 한 번 하는 덧셈을 위해 지금부터 상당히 고생할 각오를 하고 주판 학원에 다니는 건 좀 아니지 싶다. 결국 현상 유지 말고는 도리가 없다.

주판의 기원은 매우 오래돼서 기원전 5천 년까지 거슬

러 올라간다. 따라서 역사도 길고 주판 연구에 열중하는 사람들도 많으니 구태여 나까지 언급하지 않겠다. 또 훌륭한 재료를 써서 만든 주판에 관해서도 말할 자격이 없을 것 같다.

돋보기

시력이 쇠퇴한 인간은 돋보기를 써도 자잘한 것이 보이지 않는다. 이 사실을 아는지 모르겠지만 특히 신문 사이에 들어 있는 광고문 같은 데 옅은 색 잉크로 인쇄한 자잘한 글자를 읽을 때면 눈이 건강한 사람도 애를 먹기 마련이다. 내 시력이 쇠퇴했음을 충분히 잘 알기에 짜증스러운 기분을 냉정히 누르고 저기 미안하지만 돋보기 좀 줄래 하고 점잖게 말한다. 이것이 일상이 되면 가족들은 그냥 잠자코 순순히 갖다 준다. 경로의 날은 1년에 한 번 9월 15일뿐이건만 경로의 날이라고 신문이나 광고지를 특별히 큰 활자로 바꿔 읽기 쉽게 배려해주지도 않는다.

이 책이 처음으로 출판된 때는 1978년 가을이다. 22년 전이라 아직 예순 중반도 되기 전이었다. 이미 돋보기를 갖고 있었지만 안 쓰면 책도 못 읽고 원고도 못 쓰는 상태는 아니었다. 꽤 오랜 세월에 걸쳐 한 편씩 써 모아 책을 완성했을 때 기쁜 마음으로 몇몇 친구와 지인에게 증정했다. 그들은 다양한 감상을 보내왔다. 그중에 나보다 꽤 나이가 많은 작가로부터 봉투에 든 편지를 받았다. 한 편 한 편 정성껏 읽고 세세한 감상을 써주시고는 마지막에 "자네는 아직 그럴 필요가 없을지 몰라도 나는 늘 이것을 책상 위에 두고 있고 이것을 사용하지 않으면 일을 하지 못하네. 개정판을 낼 때는 꼭 넣도록 하게"라고 하셨다. 자, 이것이란 무엇일까? 한동안 생각한 뒤에 이것이 분명하다 싶어 개정판이 나오는 일이 생긴다면 반드시 넣겠다며 가르쳐주신 데 대한 감사장을 보냈다.

지금 내 작업 책상 위는 물론이고 책장 틈에도 다양한 돋보기가 놓여 있다. 수중에 있는 돋보기는 전부 틀이 있고 들기 쉽게 손잡이가 달려 있다. 그래서 생각난 것이 있다. 어릴 때 집에 가끔씩 오던 아저씨가 계셨다. 그 아저씨는 장난감은 아니지만 어린아이가 기뻐할 만한 물건을 잘 알고 있어 언제나 아무 말 없이 그저 빙긋 웃으며 내게 선물했다. 언젠가 얇고 동그란 유리를 줬는데 그걸로 손금이 나 복도의 나뭇결을 보면 하나같이 다 크게 보였다. 단 해님을 보면 눈을 못 쓰게 된다고 엄하게 당부하셨다. 시력은 나빠졌어도 안경을 끼면 글자를 쓸 수 있으니 나는 실험 정신이 부족한 사람인 걸까.

지구본

지구본은 교재 문구로 분류된다. 천동설을 주장하던 시대에는 지구본을 만들지 않았으니 지구본 제작자로 이름이 남아 있는 사람은 모두 15세기 이후의 사람들이다. 마르틴 베하임, 레녹스, 쇠너. 지구가 둥글다는 것은 피타고라스 시대부터 생각했을 테니 오래전에 상상력이 풍부한 사람이 지구본 비슷한 물건을 만들었을 수도 있다. 아틀라스가 든 것은 하늘이지만 구형이기에 조각 같은 데서 보면 지구 같은 모습이다. 그 하늘은 지구와 비교도 안 되게 거대한데도 지구보다 가벼운 듯한 느낌이 드니 재미있다. 하지만 이것은 문방구와는 동떨어진 문제다.

나는 초등학생 때 지름 10센티미터쯤 되는 지구본을 책상 위에 둔 적이 있다. 내가 먼저 원했던 기억이 없는 걸 봐선 누군가에게 받았지 싶다. 지구본에서 지식을 얼마나 얻었는지는 모르지만, 놋쇠로 된 위도 고리에 끼운 지구는 지구답지 않아 때때로 따로 떼어내 손에 들고는 이게 방 중간에 떠 있으면 좋을 텐데 생각했다. 누구나 이런 생각을 하는지 한때 풍선 같은 지구본이 있었다. 천장에 실로 매달고는 먼 하늘에서 지구를 보면 이런 느낌일까 싶었다. 이런 지구의 모습은 절대로 볼 수 없으리라 생각했는데, 로켓을 타고 지구를 벗어나는 시대가 되면서 먼 하늘에서 지구를 바라본 사람들이 점차 늘어났다. 그 아름다운 사진도 잡지에 나오니 이제는 익숙해졌다.

책상 위 지구본에서는 특유의 냄새가 났다. 제조 공정이나 재료를 조사해보니 노란 판지를 반구형으로 굳혀 합칠 때 니스나 젤라틴을 쓰는 탓에 나는 냄새였다. 액막이용으로 쓰는 개 모양의 장난감에서 나는 냄새와 비슷했다. 이 지구본은 늘 쓰는 종류의 물건이 아니기에 금세 장식품이 됐고 그렇게 방해물 취급을 받다가 어느새 책장 위로 밀려 올라가더니 내 곁에서 사라졌다. 지구본으로는 지리 공부를 하기 어렵다. 오히려 지도책을 펼치는 쪽이

지형이나 지명을 외우기 쉽다.

전쟁 중에 책 정리를 거들기 위해 은사님 댁을 오가다가 망가진 유리 지구본을 얻었다. 지름이 40센티미터에서 50센티미터쯤인 큰 지구본이었다. 안에는 전등이 켜지고 표면에는 낡은 지도가 붙어 있었다. 남태평양에는 고래 같은 것도 인쇄돼 있었다. 북극 근처의 유리가 꽤 자잘하게 이가 나갔는데 지금처럼 좋은 접착제가 없었기에 수리하느라 제법 고생했다.

지구본을 고치면서 때때로 지구를 대대적으로 수리해 구해내는 기분이 들었다. 상당히 규모가 큰 다양한 이야기가 나오는 그리스 신화에도 지구를 수리하는 이야기는 없었던 것 같다. 지구본 안에 손을 넣을 수만 있다면 이어 붙이는 일쯤이야 그리 어렵지 않았을 텐데, 그럴 수 없으니 유리 조각을 핀셋으로 집고는 밥풀이 마를 때까지 끈기 있게 기다려야 했다. 몇 번 수리에 실패한 끝에 마침내 성공했고 전등을 넣어 회전까지 해봤다. 공습 사이사이 아무 일도 손에 잡히지 않던 때라 가능했던 일이다. 완성하고 얼마 지나지 않아 전화에 휩싸여 불타버렸지만. 나도 이것을 불 속에서 구해내는 것은 무리였다.

지금 내 집에는 지구본이 없다. 책이 늘어나는 바람에 집이 좁아졌기에 지구본 따위를 둘 여유가 없다. 소형 지구본을 손에 들고 우리가 신세 지는 지구에 관해 생각하는 일이 점차 필요해지는 시대다. 지리 공부보다 오히려 지구를 생각하는 편이 중요해졌달까. 소중한 지구에 어지간히 횡포를 부렸으니 이미 늦었는지도 모른다.

문화를 지키는 힘

전쟁은 정말 싫지만 전쟁 동안 경험한 일 가운데 내 사고방식에 영향을 준 일은 여럿 있다. 생활에 필요한 물건이 점차 부족해지면 사재기를 하게 되고 이 사재기를 숨기지 않으면 그냥 선망의 눈빛만 받는 게 아니라 도둑맞을 우려가 있었다. 그래서 평소 경험한 적 없는 참으로 초라한 자기 마음에 어처구니가 없어지는 때가 몇 번 있었다. 가장 절실한 식량이나 의류의 부족은 물론 문방구도 당연히 적어져 문방구를 일 도구로 쓰던 나는 상당히 고생했다. 종이 질이 나빠 잉크로 쓰는 글자가 번지는 바람에 쓰기가 힘들 뿐 아니라 나중에 알아볼 수 없어 펜을 연필로 바꾸기도 했다. 원고지도 마찬가지라 붓으로 쓴 기억이 남아 있다.

그 무렵에 나는 대학 연구실에서 일했기에 특별히 노트를 배급받았다. 당시로서는 좋은 물건이었음에도 번짐이 신경 쓰였다. 종이 탓도 있지만 잉크가 묽기 때문이기도 했다. 다들 시험해본 듯한데, 수분을 감소시키면 잉크가 진해지겠지 하는 생각에 잉크병을 불에 올리고 김을 내며 반 정도로 졸이기도 했다. 나는 연구실에서 일하면서 다른 학교에 출강한 덕에 채점할 때 쓰는 붉은 잉크도 받았다. 누군가 오징어 먹물이라면서 세피아색 잉크를 준 적도 있다. 알고보니 오히려 진짜 세피아 잉크라서 평소에는 입수하기 어려운 물건이었다.

이렇게 물건이 결핍되면 그것이 담당하던 문화적인 역할이 뚜렷하게 부각된다. 지금까지 문방구 하나하나를 쓰면서 전쟁 중의 가엾은 모습을 이야기했지만 물건이 부족해지면 그전의 편리함을 알게 된다. 당연한 이야기다. 부족한 가운데 어떻게든 궁리해 없는 것을 메우는 방법은 극히 유치하고 원시적이었음에도 떠올려보면 흥미롭다. 더 흥미로운 것은 어떤 사람은 없으면 없는 대로 넘어가겠다고 간단히 생각을 바꾸고 갖고 있는 물건으로 임시변통을 한다는 점이다. 임시변통을 한다기보다는 태연히 지낸다. 원고지는 어디 회사의 최상품이 아니면 쓰지 않는다, 만년필은 워터맨의 뭐 하는 식으로 기분의 사치를 주장하던 사람마저 뜻밖에 뭐든 글자만 쓸 수 있으면 상관없다면서 갱지에 연필로 글자를 쓰는 데 거리낌이 없다는 얼굴을 했다. 그런가 하면 익숙한 도구를 입수하지 못하자 어떻게든 구하려고 돌아다니는 사람도 있었다.

문화에는 어떤 저력을 가진 탄탄한 뿌리가 있지만 그 위에 세워진 부분은 의외로 약하다. 어리석은 권력자가 나타나 이 문화는 아무 쓸모없다고 터무니없는 말을 하기 시작하면 간단히 무너진다. 저항할 힘조차 없다. 모두가 떨어질 데까지 떨어지면 되레 속이 시원하다는 착각을 품는다. 나는 이것이 무서웠다. 전쟁 중에 질이 떨어지고 거의 도움이 되지 않는 대용품이 등장하는 와중에 어쨌든 문화를 지키겠다는 저항이 문방구에는 있었다. 나는 그런 것을 기념하기 위해 나무젓가락에 못을 받은 컴퍼스니 판지로 만든 구름자니 앰플처럼 생긴 병에 든 잉크 따위를 소중히 보존하고 있다.

외아들이라서 놀 사람이 없었기 때문일까. 나는 어릴 적에 바깥에서 뛰어다니며 놀았던 기억이 거의 없다. 여름에는 유리문을 열어젖힌 복도에서 집짓기를 하고 겨울에는 방안 화로 옆에서 어른들이 사준 그림책을 되풀이해 보거나 색연필로 그림을 그리며 지냈다. 떠올려보니 유년 시절만이 아니라 학교에 다니고 나서도 그랬다.

한때 내게는 누군가 나무로 만들어준 장난감 상자가 있었고 그 안에는 팽이니 고리 던지기니 고무공 따위가 들어 있었다. 그것들에 전혀 손을 대지 않은 건 아니지만 내 놀이 도구는 주로 얇은 도화지나 삼각자, 색연필이었다. 특히 상자에 금붕어 그림이 있는 12색짜리 색연필은 보물이었다. 주머니칼을 쓰는 일이 아직 금지됐던 때라 주위 어른에게 색연필을 깎아달라고 했다가 그 사람이 깎다가 심을 부러뜨리면 화내지는 않았어도 꽤 낙담했다. 그리고 내가 좋아하는 색깔은 자꾸자꾸 짧아지고 쓰고 싶지 않은 색깔은 언제까지나 길었는데, 이 불공평함에 관해 어느 정도의 생각을 했을까. 어쩐지 죄스러운 기분이 든다.

비교적 젊은 학생 시절부터 나는 짧은 작문을 써달라는 의뢰를 많이 받았다. 소재가 뭐든 상관없을 때도 있었고 상대방이 정해주거나 서로 의논해 정할 때도 있었다. 지금으로부터 30년 전에 『월간 사무용품』이라는 여전히 발행되는 잡지에서 매달 문방구 하나씩을 꼽아 써보지 않겠냐는 청탁이 들어왔다. 그 일이 1970년 1월호부터 1973년 12월호까지 4년 동안 이어졌다.

내 추억담만 쓰고 있어서야 읽는 분들도 지루하실 테고 나 자신도 기분이 처졌기에 『문구 산업의 지식』(문구 미타회, 1949), 『문구 사무기기 사전』(도쿄문구계사, 1961), 『문구의 역사』(다나카 노리히토 지음, 리히트산업, 1972) 등을 참고했다. 문헌뿐만 아니라 오랜 시간 문방구를 다루는 분에게서 고개가 끄덕여지는 지식을 배우거나 일본 고전을 열심히 읽는 분에게서 귀중한 인용 자료를 얻기도 했다. 한번은 이렇게 연구하는 것이 재미있어 어느 만년필 공장을 견학하려다가 거절당한 적도 있다. 밖으로 새어나가면 곤란한 비밀이라도 있는 걸까. 참고로 마흔여덟 편의 글을 쓸 수 있도록 권해준 분켄샤의 노자와 마쓰오 씨는 이미 작고해 이 문고본의 모습을 볼 수 없다.

내 글들이 처음으로 단행본의 모습으로 서점에 늘어선 때는 연재하고 나서 5년 후인 1978년이었다. 그때의 초판은 지금 이곳저곳을 뒤져도 보이지 않는다. 초판이 10월 25일에 발행됐고 한 달 후인 11월 25일에 2쇄가 나왔다. 내 책에서는 무척 드문 일이었다. 단행본을 낸 하쿠지쓰샤의 사장님이 기뻐했지 싶다. 판권장 뒷면에 어떤 책 광고가 실렸나 해서 보니 내 글이 가로짜기로 인쇄돼 있었다.

"내가 쓰는 문방구 가운데는 문구점에서 팔지 않는 물건이 여럿 있습니다. 다다미 가게에서 사용하는 큰 바늘도 그중 하나인데 30년 넘게 정말로 아끼고 있습니다. 손에 쥐기 쉽게 손잡이까지 달았습니다. 물병은 에이자이사의 약이 들어 있던 용기, 서양과자에 딸려 있던 칼은 몇십 년 동안 종이칼로 쓰고 있습니다. 그 밖에도 어딘가에 쓸모가 있으리라고 생각해 버리지 않고 챙겨둔 물건이 많습니다. 아마 누구의 책상 위든 마찬가지겠지요. 이 책이 나오면 이제껏 가져본 적 없는 압인기도 살 생각인데요……."

하쿠지쓰샤는 『목장의 별』, 『여행 단장』, 『빙하의 별』, 『산문시I 목신의 꿈』, 『산문시II 언짢은 태양』 같은 예쁜 책을 여러 권 내줬다. 또 지지쓰신샤는 많은 사진집을 비롯해 단행본인 『E실이 끊어지다』, 『잡목림의 모차르트』 등을 내줬고 내게 이 책 이야기가 오기 전에 하쿠지쓰샤와의 사이에서 일을 꽤 진행해줬다. 그 덕분에 별반 귀찮은 일로 골치 썩이는 일 없이 출간을 결정했다. 편집을 담당한 지지쓰신샤 편집자 분이 잘못된 용어나 의미를 알 수 없는 명칭을 지적해 부끄럽기는 했지만 도움이 됐다.

사실 첫 단행본을 낼 때 연재 외에 새로 네 편을 더 썼는데 「초록빛」, 「별보배조개」, 「일곱 가지 도구」, 「문구점에 없는 문방구」다. 책의 모습이 바뀔 때마다 글이 네 편씩 많아지는 일이 좋은지 어떤지 모르겠지만 이번에도 새로 네 편을 더했다. 「돋보기」, 「편지꽂이」, 「서랍」, 「가제본」이다.

나는 여전히 크고 작은 문구점 앞을 그냥 지나치지 못한다. 그럴 때마다 바쁜 시간 속에서 일하는 사람에게는 편리할지 몰라도 내 문방구 친구들에 넣고 싶지 않은 물건이나 장난감 가게 진열대에 놓이는 쪽이 좋을 성싶은 물건을 발견한다. 눈이 핑핑 돌 정도로 빠르게 변화하는 세상이니 어쩔 수 없겠지만 그래도 염려가 된다.

구시다 마고이치

이사를 하게 돼 오랫동안 열지 않던 책상 서랍을 정리하는데 선물 포장용으로 쓰는 종이 상자가 하나 나왔다. 열어 보니 고등학교 때 수업 시간에 친구들과 몰래 주고받던 "이 시간 끝나면 국수 먹으러 가자"는 말 등이 적힌 쪽지나 친구에게 받은 반창고, 예쁘장하게 생긴 지우개와 쓰지 않은 편지지, 색색의 클립 따위가 함께 들어 있었다. 지우개는 분명 특별히 예쁘다 생각해 아껴둔 것일 테고, 편지지는 어릴 때 몇 년 동안 사 모은 것 가운데 마음에 드는 종류만 따로 모아뒀지 싶다. 그렇게 진기한 물건도 아니었을 컬러풀한 클립도 친구 누군가에게 얻었거나 뭔가 기억할 만한 계기가 있어 상자 안에 따로 넣어뒀을 텐데, 어떻게 해서 내 손에 들어온 클립인지가 아무래도 생각나지 않는다. 하지만 색깔 하나마다 그때의 감정이나 이야기가 담겨 있을 것 같아 손으로 만지작거리고 있으니 지나간 시간들이 촉감으로 전해져 오는 듯하다.

『사랑하는 나의 문방구』는 바로 이렇듯 평범한 문방구 하나하나에 얽힌 이야기들을 풀어놓는 책이다. 친구와 함께 마신 포도주병으로 만든 펜꽂이는 어느 날 아침 갑자기 각별히 아름다운 초록빛으로 감동을 주고, 분필은 칠판에 멋들어지게 제도를 해보이던 선생님들뿐만 아니라 분필에 해골을 조각하던 어린 시절도 떠올려준다. 잉크 이야기는 어머니 손가락의 파란 점으로, 옆자리 친구에게 잉크를 수혈받던 추억으로 이어진다.

물건은 그저 용도에 맞게 쓰이다 버려지는 것이 아니라 거기에 그 물건을 거쳐간 사람들의 흔적과 기억이 켜켜이 쌓이는 장소 같다. 평생 120권이 넘는 일기를 썼다는 구시다 마고이치 선생은 56가지 문방구에 얽힌 흔적과 기억을 하나하나 선명하게 드러내 보인다. 문방구에 관해 놀라울 정도의 잡학을 자랑하는 책은 적지 않겠지만 『사랑하는 나의 문방구』가 그러한 책들과 다른 이유는 물건과 사람이 맺는 관계를 바라보는 구시다 선생만의 따뜻하면서도 사색적인 시선 때문이리라.

구시다 선생은 물건을 분해하고 수리하는 것을 좋아

했던 모양이다. 이 책에도 잃어버린 줄 알았던 주머니칼을 초인종 코드를 수리하다 찾았다거나 부서진 유리 지구본을 고생고생해서 수리하는 데 성공하는 일화가 등장한다. 수리하려면 먼저 고장 난 곳이 어딘지를 찾아야 하고 그러기 위해서는 회의적으로 사고해야 하는데 이것이 정신 훈련에도 도움이 됐다고 생각했기에 선생은 수리를 좋아했다고 한다. 의문에 부딪히면 백과사전을 뒤적이고 직접 조사해보는 모습은 이 책에도 곧잘 등장한다. 만년필 연구를 하는 것도 모자라 공장까지 견학하려다 거절당한다거나 연필 만드는 나무 종류를 알아보는 능력을 기르기 위해 연필 공장을 견학하고 싶어 하는 일화에서도 호기심 가득한 선생의 성격을 엿볼 수 있다.

이렇게 직접 조사하고 연구하기를 즐기던 사람인 만큼 선생의 집에는 책이 넘쳐났다고 한다. 『사랑하는 나의 문방구』에도 한밤중에 나무가 갈라지는 기분 나쁜 소리가 들린다 했더니 책을 너무 많이 꽂은 바람에 책장의 판자가 갈라지는 소리였다는 이야기가 나온다. 3만 권의 장서 때문에 고군분투하는 오카자키 다케시의 『장서의 괴로움』에 선생 이야기가 등장하는 것은 어쩌면 당연한지도 모른다. 그렇다, 이 책에 등장하는 '장서로 바닥을 뚫은 저명인사'가 바로 구시다 선생이다. 게다가 이 서재에는 책만이 아니라 천체망원경, 곤충표본, 기압계 같은 물건들이 가득해 '마법사의 작업실' 같았다고 하지 않는가. 나이가 든 뒤에도 좋은 현미경을 손에 넣었다고 기뻐하고 지우개에 도장을 파던 선생과 어울리는 공간이었을 듯하다.

이 책에 나오지는 않지만 어느 날 서점에서 '시론試論'이라는 단어를 보고 문득 신경이 쓰여 '시試'라는 말의 의미를 이것저것 추론해본 선생은 새로운 사고를 시도하려면 일단 그것을 새 공책에 써보아야 한다는 결론에 도달한다. 좀 단순한 요약인가. 하지만 유명한 작가나 석학이 아니더라도 일상적으로 사용하는 수많은 사소한 도구들이 우리의 삶과 깊게 관계 맺을 수 있음을, 이 책을 보며 다시금 생각한다. 예컨대 내가 지금 이 후기를 치고 있는 노트북은 이미 5년쯤 나와 함께 있었다. 그 앞에서 얼마나 많은 시간을 글 쓰느라 좌절했으며 또 얼마나 빛나는 행복한 순간을 사진으로 보고 글자로 써넣었던가. 이런 물건들이 하나하나 쌓여 사람의 삶을 이야기한다. 책뿐만 아니라 오래된 물건들이 방에 쌓이고 마는 이유 중의 하나이기도 하겠다.

2017년 1월
작업 공간을 청소하느라 고심하며
심정명

사랑하는 나의 문방구

초판 1쇄 발행 2017년 1월 17일

지은이 | 구시다 마고이치
옮긴이 | 심정명
펴낸곳 | 정은문고
펴낸이 | 이정화
편　집 | 안은미
디자인 | 당나귀점프

등록번호 | 제2009-00047호 2005년 12월 27일
주소 | 서울시 마포구 서교동 473-10 502호
전화 | 02-392-0224
팩스 | 02-3147-0221
이메일 | jungeunbooks@naver.com
페이스북 | facebook.com/jungeunbooks
블로그 | blog.naver.com/jungeunbooks

ISBN 979-11-85153-12-4-03830

*책값은 뒤표지에 쓰여 있습니다.
*이 도서의 국립중앙도서관 출판예정도서목록(CIP)은
서지정보유통지원시스템 홈페이지(http://seoji.nl.go.kr)와
국가자료공동목록시스템(http://www.nl.go.kr/kolisnet)에서 이용하실 수 있습니다.
(CIP제어번호: CIP2016031286)